ハヤカワ文庫JA

〈JA1295〉

黒猫の回帰あるいは千夜航路

森 晶麿

早川書房

8056

黒猫の回帰
あるいは
千夜航路

目次

黒猫の回帰あるいは千夜航路

第一話　空とぶ絨毯

■シェヘラザーデの千二夜の物語

The Thousand-and-Second Tale of Scheherazade, 1845

『千夜一夜物語』を下敷きにしている。

千二日目の夜のこと。絞首刑を免れたシェヘラザーデは、王に「船乗りシンバッド」の話を最後まで聞かせなかったことが気がかりだと言う。

改めて語りだした話の続きは、以下のようなものだった。

老人になったシンバッドは、再び見知らぬ国が見たくなり冒険に出かけた。海岸で乗せてくれる船を待っていると、怪物を操る鶏鳴族と出会う。彼らは言った――それほど旅に出たいなら、特別に地球周航に同行させてやろう。

一行はさまざまな国を巡った末に、魔術師の生きる国を訪れた。そこでは魔術師たちが作り上げた計算器が強大な力を発揮していたが、その力は善にも悪にも用いられていた。

1

　そのニュースは、寒さにも一区切りがついた早春の夜に届けられた。ようやく博士論文が受理され、学位記授与式を終えてホッとひと息。寝る前の気分転換にテレビでも見ようかとチャンネルを漁り、ふとパリの街並みの映像に手を止めた。それは観光案内番組などではなく、ニュース番組だった。

　キャスターは切迫した声で、パリの街路で自動車が停車中のガス交換車に激突し、爆発事故を起こして通行人十数名が命を落としたと告げていた。海の向こうで起こったその事故が大々的に報じられていたのは、事故の原因が、昨年から自動車業界に広まりつつあったオートドライブ装置の誤作動にあったからだ。

　この時、こちらの頭の中にあったのは黒猫のことだった。同い年の同期でありながら、二十四歳にして教授職という出世コースを走り始めた黒猫は、現在パリの大学の客員教授だ。長いこと連絡を断っている。どうしているだろうか。事件に巻き込まれていなければいいが。被害者のなかに日本人がいるかどうかは確認がとれていないということだった。いても立ってもいられず、自宅のパソコンを起動し、Eメールを送った。が、一時間待っても返信はない。気づいていないだけよ、と自分に言い聞かせるものの不安は募った。

――大変な時代だ。人間の技術が人間自身を脅かす。

数日前に、ペルシャ美学を専門とする小柴《こしば》教授が研究室で新聞を読みながら言っていたことが頭をよぎった。日頃無口なこの御仁は、会議などでもうたた寝をしたりして聞いているのか判然とせぬ様子なのに、唐突に核心を衝く神のひと言を残して立ち去るという。だから、小柴教授が口を開いたときは、研究室にいる誰もが思わず作業の手を止める。小柴教授は丸眼鏡を指で押し上げ、顎髭《あごひげ》を指でさすりながら続けた。

――さまざまな次元で、恐怖《テロル》という無数の葉が生まれた。それらは一本の幹から分岐している。

冬の湖のように静かな口調だった。怒りも、憎しみも嘆きもない。ただ、温度の低い眼差しで自らの内側に広がる恐れと対峙しているようでもあった。そういう時、小柴教授は一点を見据えながら、同時に何も見ていない独特の目になる。

彼はきゅっと口をつぐんで立ち上がると、書棚の脇に筒状にして立てられた彼のコレクションの絨毯《じゅうたん》に歩み寄り、そっと手で触れた。

——この手触りこそが、唯一の真実なのだよ。いついかなる時も。

その横顔に、窓の外からの陽光と、まだまばらにしか花をつけていない桜の木の影がかかり、キリコの絵みたいに明暗が生じる。

小柴教授はまだ四十代とは思えぬ重厚な雰囲気を湛えている。彼の専攻するペルシャ美学は、単に美と芸術とを抽象的に内省する学問ではなく、ものの考え方や生き方といった意味合いがあるようだった。

学生時代に受けた小柴教授の講義では、宇宙と人間の関わりなどが深く語られ、西洋美学の講義とは大きく異なる内容に戸惑ったものだ。

遠いパリで起こった爆発事故もまた、人間の技術という一本の幹から生まれた恐怖とも言える。そんな恐怖のなかでは、愛する者の手触りの記憶こそが、心のよすがともなるだろう。

問題は——黒猫の安否が不明なこと。

この世にすでに黒猫が存在しないかも知れない。そう考えると、急に怖くなった。

そして——夢を見た。砂漠を、ラクダになってどこかの商人を乗せながら彷徨《さまよ》う夢だ。砂の中に黒猫が倒れているのを見つけるが、商人の鞭《むち》が飛んでくるから、自分は足を止めることができない。やがて商人が盗賊に捕らえられ、「お前のラクダを食料にする」とナイフを突きつけられる。助けてと思うが、声が出ない。

砂漠の熱風で、わずかに離れた場所に倒れる黒猫が揺らめいて見える。もう黒猫は死んでいるのだ。盗賊がナイフを振りかぶり、こちらが悲鳴をあげたところで目覚めた。まだ明け方四時。けれどもう一度眠る気にはなれなくて、気を落ち着けようと大掃除を始めた。自分の部屋の整理を終え、居間に手を出す頃には陽が昇っていた。

「ストーブはまだしまわないわよ」

パジャマ姿で居間に現れた母は、子どもみたいに言ってこちらをじろりと睨んできた。

「ご心配なく。ストーブと炬燵《こたつ》は四月いっぱいは出しとくから」

「そう。ならいいけど」

居間の炬燵の上には、母君がどっさり持ち込んだ研究のための文献が散乱している。本来食事は炬燵でとりたいところだが、最近は諦めて寒くてもテーブルで食べることにしている。

ようやく心を落ち着け、ストーブの前でだらりと茶を啜《すす》っていると、何だか全身の筋肉が強張《こわば》っていることに気づいた。博士論文で切羽《せっぱ》詰まっていたときより、今のほうが疲労感があるのも理不尽ではある。

ふう、とため息をつく。昨夜の悪夢を思い出し、それからパリでの爆発事故のことを考える。被害者の身元確認はまだだろうか。テレビをつけても、放送しているのは暢気《のんき》な暮らしの情報バラエティばかり。インターネットを開いてみたが、やはり事故に関する新たな情報はなかった。

そして——一夜明けてもまだ、黒猫からの返信はない。

シチリア、リモーニアでの偶然の再会から一年が経った。あの一瞬の触れ合いを胸の奥にしまい込み、脇目もふらずに駆け抜け、研究者として大きく成長したつもりだった。見えない約束のために頑張ってきた。なのに、黒猫の安否がわからないと思った途端、こんなにも足元がぐらつく感じがするなんて。

約束が、消えてしまう。

慌てて首を振る。きっと無事よ。そう思うのに、気がつくとまた考え始めてしまう。昨夜の繰り返しだ。

とりとめのない思考を邪魔したのは、ケータイの着信音だった。カーディガンズの《シック&タイアード》。自分の部屋の机まで走っていって画面を見た。研究室からだった。通話ボタンを押す。

「大変ですよ、先輩」

電話をかけてきたのは、来月から博士課程に進む戸影《とかげ》だった。

「どうしたの？」

「今すぐ研究室に来られませんか？　ちょっと問題が」

声に緊張感が漂っていた。悪い予感がする。日常の鼓動と世界の鼓動は、今日もどこかで繋がっているのだ。

「すぐ行く」

電話を切ると、カーキ色のセーターにデニム、ダッフルコートというのもながらの出で立ちに着替え、家を出た。時刻は間もなく午前十一時半。外の空気は、まだ冬をわずかに引きずりながらも、春の喜びを謳歌していた。ツグミの鳴き声に追い立てられるようにして、走り出す。その先に待ち受ける未来を一秒でも早く知るために。

2

「本当なんだよ、本当にお空に上っていったんだもん！」

そんな子どもの声が耳に入ってきたのは、大学の研究棟の前に来たときだった。構内にいると、学生か教職員の声しか聞こえてこないのがつねだから、子どもの声は注意を引く。

思わずエントランスへ向かう足を止め、あたりに目をやると、研究棟を背にしたベンチに腰かけた男の子とその母親の姿が目に留まる。男の子の年齢は、五歳くらいだろうか。

たしか岩隈《いわくま》准教授のご家族だ。以前にもああして、休日出勤していた岩隈准教授の仕事が終わるのを待っていたことがある。

その時——男の子が不満げに主張した。

「おじちゃんがお空に上っていったの、ホントなんだから！」

「もうこの子は……わけのわからないことを言って……」

「おじちゃんがお空を飛んでたの！」

微笑ましい光景だ。朝から黒猫の安否を心配して張りつめていた神経が微かに緩む。

なおも続いている母子のやりとりを後ろに聞きながら、エントランスを潜った。真っ白な外観をした研究棟は、エレベータの部分だけガラス張りで透けて見える。エレベータ機は一階にあるようだ。運がいい。走って乗り込んで五階のボタンを押した。

ゆっくりと上昇し始める。

見下ろすと、階下に点在する桜の木々が傘のように丸く見える。五階到着。降りて右手が、グループ研究室だ。

「先輩！　まさに空飛ぶ絨毯ですよ！」

研究室のドアを開けたとたん、戸影はこちらを待ち構えていたように興奮気味に言った。

「何なの、藪《やぶ》から棒に」

「ですから、空飛ぶ絨毯ですってば」

「あのね、戸影君。話というのは順序立てて説明しなければ相手に伝わらないんだよ？

論文でもそう」

黒猫なら頭をノックするところだ。コートを脱いでドアの脇にあるコートハンガーにかけ、かじかんだ手をストーブの前にかざした。ストーブの上の薬缶がちょうどけたたましい音で鳴り、戸影はすぐに持ち上げて二つのカップに注ぎ入れた。こちらが来る時間に合わせて珈琲の用意をしていたようだ。

「なかなか準備がよろしい」

「上司っすから」

「やめなさいってそれ」

この三月から、戸影は研究室の雑務バイトを週に三日ほどすることになり、博士課程修了直後から博士研究員になったこちらとは、研究室で顔を合わせることが格段に増えた。彼が現在、小柴教授のもとでフェルドウスィーというペルシャの詩人を研究しているのもあって、〈絨毯〉という言葉を聞いた瞬間、この一件、小柴教授がらみだな、と予感した。

「さあ、きちんと私にわかるように話して」

戸影はゆっくり深呼吸をした。

「小柴教授が空飛ぶ絨毯に乗って失踪してしまったようです」

やれやれ。深いため息をつく。

「そんなデタラメを言うために呼び出したの？　空飛ぶ絨毯なんてこの世にあるわけがな

いでしょう？」

「僕もそう思いますよ。ただ情報を総合してみると、そういうことになっちゃうんですよ」

戸影は、しどろもどろになりながら事情を説明し始めた。

発端はつい先ほどのことだった。

小柴教授は、朝十時に研究室に顔を出して研究報告書をまとめる手筈になっていた。午後二時から対談を予定していたため、報告書は午前中に済ませることになったらしい。ところが、予定していた時刻を過ぎても小柴教授が現れない。そこで、戸影は根津《ねづ》にある小柴教授の自宅に電話をかけたのだという。

「小柴教授は十年前、自動車事故で助手席に乗っていた奥様を亡くされました。以来、罪の意識に苛《さいな》まれて独身を通していたのですが、五年前に舞踏家の今子《いまこ》夏海《なつみ》さんと出会ってようやく再婚に踏み切ったんです」

「今子夏海って、土方巽《ひじかたたつみ》みたいな暗黒舞踏の人だよね？」

彼女の暗黒舞踏は、学部時代に映像で鑑賞したことがあった。顔面を奇妙に変化させ、その間身体は微動だにせず、かと思うと、突如全身を激しく動かしたりする。そして叫ぶ。

難解というより、理解を拒絶されている気がした。シュルレアリスムやダダイズムの世界に近いのか。知性の煌《きら》めきを全身から放っているような彼女の存在感が、安易にレッテルを貼らせなかった。

その今子夏海が失意の底にいた小柴教授に惚れた。従来の価値を破壊して新たな創造の種を蒔《ま》く暗黒舞踏家と、調和や均衡を重んじるペルシャ絨毯を愛する美学者が結ばれたのだから、縁とは不思議なものである。戸影は続けた。

「十一時頃、夏海さんに小柴教授がご在宅か尋ねたんです。そうしたら『小柴は空飛ぶ絨毯とともにここを去りました』って」

「……何かの比喩でしょ？」

「僕も確認しました。でも、比喩ではないそうです。よく聞くと、彼女は少し鼻声で、直前まで泣いていたようでした。それから声を絞り出すようにして『彼はもう戻らないかも知れません』と言うんです」

穏やかではない。ただでさえ現実感が薄い話なのに、その発言者が今子夏海とあっては幻想味を帯びてくる。

「小柴先生はいつ頃からご不在に？」

「朝八時に目覚めると、すでに小柴先生の姿がなかったのだとか」

「早朝に家を出たということ？」

「恐らく。それで、僕が聞き込みを続けたところ、事務の滝田《たきた》さんが十時より少し前に、研究棟の入口のところに絨毯が落ちていたのを見たらしいんです。何だろうと思っていたら、研究棟から小柴教授が出てきて、『すみません、ちょっと空を飛ぶ実験をしていまして』と言ったそうなんですよ」

「どういうことかしら……」奇妙な発言だった。「……でも、ちょっと待って。少なくとも十時前の段階では、小柴教授はこの研究棟にいたということよね？」

「ええ。ところが、十時に僕が到着したときにはもう姿を消していたんです。滝田さんも一緒に捜してくれましたが、研究棟内のどこにもいませんでした。研究室も職員共同休憩室も、会議室も隈なく見ましたけど、どこにも」

たった数分のあいだに、小柴教授は消えてしまったというのか。

わかっているのは、自宅から〈空飛ぶ絨毯とともに去った〉こと。そして、つい先ほどまで〈空を飛ぶ実験〉をしていたということ。二つを線で結び、戸影は〈小柴教授が空飛ぶ絨毯に乗って失踪してしまった〉と表現したようだ。

「まあ本当に空を飛んだとは僕も思っていませんけどね。でも、いま現在姿が見えないことは確かなわけです。それで困って先輩を呼んだんです。研究報告書は後日書くにしても、二時からの対談には間に合ってもらわないと困りますからね」

そうだ。対談には美学科の教員や学生が四十名ほど集まることになっている。戸影は今日の対談の記録係で、こちらも出席するように唐草《からくさ》教授に言われていた。それまでに小柴教授を見つけなければ。

黒猫の安否も気になるところだが、ひとまず頭を切り替えよう。

「戸影君、あなたは小柴教授がここへ現れた時のために残って。私はこれから、奥様のところに行ってくるわ」

「わかりました。気をつけて行ってきてくださいね」

頷き、コートを再び羽織って部屋を出た。時刻は現在十二時を回ったところだ。対談まであと二時間。急がなくては。

エレベータを降りると、まだ先ほどの岩隈准教授の妻子の姿があった。母親は本を読んでいるが、男の子は桜の花びらを拾いながら駆けまわっている。

その姿を見たとき――男の子の言葉が脳裏によみがえった。

――おじちゃんがお空を飛んでたの！

思わず男の子の前に立ち、話しかけた。

「ねえボク、さっきおじちゃんがお空を飛んでいたって言ってたでしょ？」

「うん」彼は桜の花びらを探す手を休めず、顔も上げないで答える。

「それって、どんなお顔のおじちゃんだったかわかる？」

「丸い眼鏡をかけてたよ。あと、あごに少しおひげが生えてた」

「……そう。ありがとう」

母親の視線に気づき、会釈をしてその場を立ち去りながらも、動悸が激しくなっていた。

男の子が言った〈おじちゃん〉の容姿は、小柴教授の特徴そのものだったのだ。

3

電車の中でも、ずっと男の子の言葉がこだましていた。

〈お空を飛んでた〉という言葉は、夫人の言葉、事務の滝田さんの言葉ともつながる。

小柴教授が絨毯に乗って東京の街を彷徨う姿が浮かんだ。いつもどおり眠たげな顔で。丸眼鏡の奥から冷めた目で街を見下ろし、時折手を動かして風向きなんかを調整する。

慌てて想像を打ち消す。現実がファンタジイに呑まれようとしていた。絨毯に乗って空を飛ぶなんて、あるはずがないのに。

ただ、空を飛ぶという行為と絨毯には、イメージ的な連鎖があるのも確かだ。恐らくそのイメージは、『千夜一夜物語』のなかに出てくる〈魔法の絨毯〉がもたらすものだろう。

『千夜一夜物語』はこんな話だ。

女性不信にあるシャフリヤール王は、結婚したその翌朝に妃を殺すという奇行を続けてきた。それをやめさせるべく、自ら妃に名乗り出た女こそ、シェヘラザードだ。

シェヘラザードは夜毎《よごと》王に物語を語り、その話に興味を抱いた王は続きが気になってその晩も次の晩も彼女を殺さずにおく。そうしてとうとう殺すのをやめた——。

〈魔法の絨毯〉は、実際にはそのなかの「アフマッド王子と妖精パリ・バヌー」というアントワーヌ・ガラン版にしか収録されていない話にちょっと登場するだけなのだが、やはり〈空飛ぶ絨毯〉というイメージは鮮烈なものだ。

電車が止まった。改札を通り、地上に出る。

根津はいわゆる東京下町のよさが色濃く残るエリアだ。昔ながらの東京と、今の東京が混ざりあい、独特の風情を醸し出している。

不忍《しのばず》通りを根津神社のあるほうに向かって直進し、左に折れる。二番目の細い路地を曲がると、その先に小柴教授の自宅があった。どこにでもある、小ぢんまりとした日本家屋だ。インターホンを鳴らすと、引き戸が開く。中から、枯れ葉色に染まった長い髪をまとめ上げ、薄桃色の和服を纏《まと》った女性が現れた。

今子夏海。かつて見た映像のなかではエキセントリックな表情を浮かべていたが、今の彼女は神秘的な美を湛えていた。

まるで――『千夜一夜物語』のシェヘラザーデのようだ、と思った。

舞踏の稽古中のためか白く塗られた顔の中で、黒真珠のような瞳の奥に創造のマグマが見え隠れする。室内から漂う、バフールと呼ばれるお香の甘く濃密な香りは、彼女のオーラさながらだった。

「私、小柴教授と同じ美学科で博士研究員をしている者です」

彼女は微かな笑みを浮かべて中へと誘った。

「お邪魔します」お辞儀をして室内に入る。

通された居間には四方の壁面にペルシャ絨毯が飾られ、そこかしこに小柴教授のコレクションと思しき絨毯が筒の状態で積まれている。ノット密度の高い高級ペルシャ絨毯が壁面に飾ってあるせいなのか、暖房器具もないのに、妙に暖かく、緊張がほぐれていくのを感じた。

オーディオから流れるカーヌーンの音色が、こちらを物語へ取りこもうとする。さまざまな物語を内部に取りこみ、外枠にシェヘラザーデを配したあの長い物語のように。

「もう少しで稽古が終わるから、待っていてくださらない？」

彼女は椅子を示して座るように促すと、音楽に合わせて身体をくねらせ始めた。その瞬間、ハッとした。すでに今子夏海の気配が消えていたからだ。優雅に広げられた手、ぺたりと床に着けられたがに股の足。まるで、大地に根を下ろす花のようだ。

以前も見たことがある独特の舞踏だ。突如鼻に皺が寄り、肘と膝をくっつける。その姿勢のまま動かずにいたかと思うと、今度は前へ後ろへばたりと倒れ、またすぐ起き上がって室内を飛び回る。これは花びらが風に飛ばされるところか。

不思議だった。以前見たときは理解を拒絶する難解な舞踏としか思えなかったのに、今こうして目の当たりにすると、彼女が何に擬態しているのかが少しずつわかってくるではないか。拒絶していたのは、自分のほうだったのかも知れない。

花はやがて大地へ散り、枯れる。それから、このダイナミックな流れ自体が花の空想ででもあったかのごとく、何事もなかったふうな顔で最初のポーズに戻る。この人は、状態を舞踏によって表現しているのだ。いわば、静的な状態が内蔵する動的なものを描写しようという試み。花の一瞬のなかにある虚無の幻想を表したのだ。

舞踏が、唐突に終わった。

〈花〉から、〈今子夏海〉に戻った。

4

「それで──何か御用があって来たのでしょ？」

夏海は稽古で着くずれた和服を直すと、ペットボトルの水を口に運んだ。

「じつは、小柴教授には午後から対談の予定が入っておりまして、私たちは今必死で教授を捜しております」

「本当に申し訳ないわね。ご迷惑をおかけしてしまって……」

「教えてください。どうして、もう戻らないかも知れない、とお思いになられたのですか？」

少し考えてから、彼女はすっとテーブル上の紙片をこちらへ渡した。

そこには、手書きでひと言、〈さよなら〉とあった。

「そういうわけよ。彼は〈空飛ぶ絨毯〉とともに私のもとを去ったの」

なるほど。わざわざ〈さよなら〉だけメモに残すということは、単なる行ってきますの意味ではないのだろう。となると、彼は自宅に戻る気がないということだろうか？

「ところで、その〈空飛ぶ絨毯〉というのは何かの俗称ですか？」

彼女は静かに首を振った。

「いいえ。〈空飛ぶ絨毯〉そのものよ。あの『千夜一夜物語』にも登場する」

「そんな……まさか！」

思わず声を上げてしまった。物語にしか存在しないものではなかったのか。

「〈魔法の絨毯〉はソロモン王の持ち物だったと言われているわ。小柴もまさか本物が存在するとは思っていなかったみたいね。ふだんは仕事の話をほとんどしてくれないのに、その時は少年のように目を輝かせていたわ。本当に本物なら、あまりに歴史的な発見だから、公表のタイミングは慎重を期さないといけないって」

「どんな絨毯なんですか？」

「緑色の絹に金色の横糸が入った、まさに『千夜一夜物語』の記述にあるとおりの絨毯。

年代も合致するそうよ」

「その絨毯をもって、小柴教授はいなくなったということですね？」

夏海は頷いた。

周囲を見回す。壁際の絨毯を見ても、たしかにそれらしいものはない。

「でも、いくらその絨毯に価値があるとしても、研究に重要と思しきご自身の荷物をこれだけ残しながらここを去るとも考えにくいです。行き先にお心当たりはないんですか？」

夏海は苦笑交じりにかぶりを振った。

「想像もつかないわ。人の心なんて自然災害みたいなもの。些細なきっかけで、守られてきた日常を簡単に壊してしまうのよ」

静かな物言いだった。そんな物腰に、夫婦に共通する空気を感じた。

「哀しくはないんですか？」

「哀しいわ、すごく。でもね、永遠に続くものなんてこの世には何一つないわ。私たちは手折《たお》られて大地を離れた一本の木の枝のようなもの。火をつけられ、誰かが暖をとるための薪《たきぎ》になるのなら、それもいい。五年間、彼が私といて幸せだったのなら、私は満足よ」

達観している。

黒猫がもしも昨夜の事故で命を落としていたら、自分はこれまでの日々を幸せだったなんて言えない。それはずっと遠い未来に、お互いが生きていて結ばれた後に来る別れでも同じような気がした。きっと生きるエネルギーを根こそぎ奪われ、部屋のなかでそっと蹲《うずくま》ってしまうに違いない。

「お強いんですね」

「でも彼のことは心配よ。すぐに思いつめてしまう人だから。これまで、私の舞踏が彼の命を支えていたのよ」

「夏海さんの舞踏が？」

「焚火《たきび》を見ているようだ、と彼はいつも言っていたわ。私の舞踏を見ると、この世界への不安が一つずつゆっくり消えていく気がするらしいの。眠る前には、この部屋と調和する舞踏をつねに心掛けているのよ。具体的に言えば、この部屋のあらゆるモノからかたちを採集して、舞踏の型にするの」

彼女はキッチンへ向かいながら話を続ける。

「彼はとても繊細な人。前妻の沙代子《さよこ》さんを自分の趣味に付き合わせて亡くしてしまったことをずっと引きずっていて、何度となく自殺も考えていたそうよ」

そこまで思いつめていたとは。だが、小柴教授が自分を責める気持ちもわかる気がした。

「小柴は舞踏を見ているうちに眠ってしまうことが多いの。でも、一生の先にある長い眠りの前に、私が同じように踊ってあげられるとは限らない。もしも私が彼より先にこの世から旅立ったら、彼はどうなるんだろう。そう考えると、私はとても心配だったわ」

どちらかが、必ず先に亡くなる。ともに生きるとはそういうことだ。黒猫と自分。どちらが先に旅立つのだろうか。先のことはわからない。

いまこの瞬間だけでも、声を聞きたかった。メールは来ただろうか。そろそろもう一度確かめねば。

また黒猫の安否ばかりを考え出す自分がいる。

心配を追い払うように、周囲を見回した。

そして、ふと疑問に思った。

「ところで、絨毯をかなりたくさんお持ちなのに、どうしてすぐに〈空飛ぶ絨毯〉がなくなったことに気づかれたのですか？」

「何だ、そんなこと？」彼女は柔らかく微笑んで、下を向き、床を示した。「昨夜ここに敷いてあったものだからよ」

5

「大事なもの——特別なものではなかったんですか？」

伝説の絨毯を実際に使っていたなんて、俄《にわ》かには信じがたい。すると夏海はこちらの疑念を拭うように言った。

「あなたはすっかり一元的な価値観に毒されておいでのようね。絨毯は使われることに意味があるのよ。使わない絨毯に意味はないと彼もよく言っていたわ」

その言葉を聞いたとき、私のなかで何かが弾けた。

使われない絨毯に意味はない。

夏海は言葉を続けた。

「だから、小柴はどんなに高級な絨毯でも使っていたの。ちょうど昨夜よ、〈空飛ぶ絨毯〉に替えたのは。そして――〈空飛ぶ絨毯〉は彼を連れ去った」

「それまでに、〈空飛ぶ絨毯〉を敷いたことはあったのでしょうか？」

「あの絨毯がきたのは最近だったから。昨夜急に奥から出してきて、私に言ったの。『今日はこの〈空飛ぶ絨毯〉の上で踊ってくれ』って」

「昨夜急に……昨夜の舞踏はどんなものだったんですか？」

「〈ソロモンの怒り〉よ。私と彼はニュースを一緒に見ていたの。そこではパリで起こった爆発事故が報道されていた」

あのニュースを小柴教授も見ていたのか。だが、それは特別なことではあるまい。あの時間帯、テレビをつければ大抵の局では同じニュースを報じていたはずだから。

「そうしたら、小柴は急に何か不安に駆られたみたいに落ち着かなくなったの。私は彼を慰めようと膝に手を置いたけれど、彼は苛立たしげにテレビを消してしまった。絨毯を替えたのはその直後よ」

「タイトルの由来は、〈空飛ぶ絨毯〉と関連があるんですよね？」

「ええ。ソロモン王は、魔法の絨毯が起こす風を使って多くの人の命を一瞬にして奪ったとも言われているわ。私は魔法の絨毯を昨夜のニュースと重ねたの」

よくない予感のようなものがあった。しかし、何がよくないのか、はっきりとはわからない。

小柴邸を辞して不忍通りへ向かって歩く道すがら、考えた。

小柴教授が所持している〈空飛ぶ絨毯〉が、真に歴史的価値のあるものだとしたら、失踪の理由はプライベートなことではない可能性も出てくる。

それこそ、絨毯の存在を知った犯罪者に目をつけられ、逃げているということも考えられるのではないか。

と、そこまで考えて、待てよと思う。〈絨毯は使われることに意味がある〉と夏海は言っていた。小柴教授がそう考えているのなら、彼は〈空飛ぶ絨毯〉を何らかの形で〈使う〉気なのではないだろうか？

何に使う？

滝田さんや岩隈准教授の息子さんが見た光景が関係している可能性はあるだろう。そして、それらの因果関係を理解することで、初めて小柴教授の所在がわかるかも知れない。

時計を見た。午後一時十分。思いのほか時間がかかってしまった。戸影から連絡がないところを見ると、まだ小柴教授と連絡は取れていないのだろう。

電話がかかってきたのは、その時だった。画面もろくに見ずに、電話に出た。戸影からだと、半《なか》ば思い込んで。

「もしもし？　小柴教授戻ってきた？」

相手はすぐに答えなかった。一瞬あってから、緩やかなあくびが一つ。それから声が返ってくる。

「なんだ、小柴教授がどこかに消えたのか？」

「え……？」

およそ一年ぶりに聞く、黒猫の声だった。

6

「大丈夫だったの？　大変な事故だったみたいだけど……」

「僕は大丈夫さ。ポイエーシス大学の学生何人かが巻き添えを食ったらしくて、学内はピリピリしているようだが」

よかった。肩の力が一気に抜けていく。生きていた。たぶんそうだろうとは思っていても、連絡がつかないと嫌な予感ばかりが先走るから、やはり声を聞けた安堵は大きかった。

何より、言葉をかわすのはシチリアに行ったとき以来だ。その声を耳にした瞬間、距離が消えていくような不思議な感覚があった。話しているときよりも、むしろ互いが黙っているときの沈黙が心を寛がせる。

いやいや、そんなことを考えている場合ではない。

対談の時間が迫っているのだ。急いで小柴教授を捜さねば。

「それより、小柴教授のこと、詳しく教えてくれないか？」

「……わかった」

東京メトロ根津駅に向かって歩きながら、事情を早口で語った。

「なるほど、絨毯が空を飛んだか」

話を聞いた後、黒猫は電話の向こうでそう相槌を打った。

「でも、ありえないよね？　絨毯が空を飛ぶなんて」

「どうかな。何だって起こる世の中さ。『千夜一夜物語』が真実を語っていたのなら、

〈空飛ぶ絨毯〉が実在したって何も不思議じゃない」

「黒猫までそんな……」

ふふ、と電話の向こうで黒猫は笑う。冗談だったのか。

「ねえ黒猫、小柴教授は今何を考えていると思う？」

メトロの階段を駆け足で降り、電車の時間を目で確かめる。

五分後までは来ないようだ。

「そんなの本人に尋ねてみるしかないさ。ただ、予測はできる。そして、彼がしようとしているのは間違った行為だ」

黒猫は、すでにこちらの要約から何か結論を導き出しているらしい。

「何にせよ教授を見つけないと。もうすぐ対談が始まってしまうわ」

すると黒猫は「まあ落ち着いて」と言った。

「彼は約束を反故《ほご》にする男じゃない。たとえどんな状況であれ、スケジュールは守るさ。それより、謎を一度整理したほうがいいだろう。
●小柴教授はなぜ〈空飛ぶ絨毯〉と行方をくらましたのか。
●なぜ夏海さんに別れを意図するメモを置いていったのか。
二つの疑問は、縦糸と横糸のようにクロスして生地を成す。絨毯の意味論だな」

「絨毯の意味論……？」

「ところで――絨毯と言えば真っ先に浮かぶのが『千夜一夜物語』のなかに登場する空飛ぶ絨毯だが、君は『千夜一夜物語』から、さらにべつの作品を連想することだろうね」

鋭い指摘だ。世界のどこにいようと、黒猫はこちらの考えていることを見通してしまうのだろうか。

「『シェヘラザーデの千二夜の物語』。黒猫があの作品まで知ってるとは思わなかった」

「ポオの作品なんかそんなに多くはないからね。三日もあれば誰だって網羅できるよ。新作も発表しないしね」

今のはジョークだろうか。

「シェヘラザーデの千二夜の物語」は、『千夜一夜物語』を踏まえたエドガー・アラン・ポオの短篇小説だ。前半は、『千夜一夜物語』の冒頭をなぞるように話は進むのだが、じつは正典には存在しない千二夜目があるとして、その夜の寝物語の様子が描写されていく。

シェヘラザーデの物語は、年老いたシンバッドが再び旅に出るところから始まる。旅の冒頭から、シンバッドは奇妙な怪物に乗った謎の動物人間に遭遇する。そして彼らに気に入られ、ともに旅に出かけるのだ。

そこで待ち受けているのは、ポオの時代には真実と思われていたであろう自然現象や科学現象。だが、それが真実世界だと言われても、王の知る現実からはあまりにかけ離れて見えた。やがて、シンバッドはこの動物人間たちが魔術師たちの国の出自だと知る。しかし、その国では〈気まぐれ〉という不運によって、女性の美は背中のすぐ下の隆起にあるとされたため、男たちは女たちの顔やそのほかの部位を問題としなくなり、美女とラクダの区別もつかなくなった、とシェヘラザードは話す。

この最後のくだりを、これまで数々の美しい花嫁たちを無差別に処刑してきた自分への皮肉と捉えたものか、はたまたそこに自身の過去の過ちを見たからか、王は突如癇癪《かんしゃく》を起こす。

そんな王の、まさに〈気まぐれ〉がシェヘラザードに不運をもたらす。ポオらしい皮肉の利いた一篇だ。

「ポオは既存のテクストに新たな要素を加えて、科学と魔術の近似性を説く。種を知る者には科学だが、実在も種も知らぬ者にとっては魔術になる。その果てしない魔術＝科学の物語に王が畏怖の念を抱く姿を通じて、際限なき科学技術の歴史に警鐘を鳴らしている」

「ポオは壮大な魔術の物語を、科学の物語にすり替えたのね？」

「そう。ポオの語るシェヘラザードの千二夜目の物語は、人類の未来そのものだ。対する王の役割は天変地異――あるいは、恐怖《テロル》。神から王位を授けられている以上、王の〈気まぐれ〉は神の領域、自然の産物なんだよ。そして技術は自然によって大変な目に遭う」

ポオのテクストでは、千二夜目を語ることで、シェヘラザードは正典とはべつの不運に見舞われることになるのだ。

「二十一世紀に入り、今では誰もが科学技術という恐怖《テロル》の前で等しく生贄《いけにえ》となっている。しかしテクストは二重構造にもなっていて、もう一つの主題が見え隠れする」

「もう一つの主題？」

「つまり——ああ、まあ続きはまた今度に。とにかく、君の健闘を祈る。久々に声が聞けてよかった」

「待って、黒猫……」

電話は切れていた。

馬鹿。小さな声で言ってみた。心配してたのに。

ゆっくり話せるときに電話をくれたらよかったのに。

自分から電話をかければいいのかも知れない。でも、あの日以来、空回りした心は、うまくもとには戻らない。

リモーニアの夜、すぐそばに感じた黒猫の鼓動。

息を吸う音。吐く音。

それが世界の音だった。あの安らぎを、翌日に断ち切ったのは自分自身。それからは、ただ前だけを向き、ひた走った。

そして、博士論文を書き終え、次のステージに移ろうとしたあたりから、糸の切れた凧みたいに心もとなくなった。この世界は猛スピードで空を飛ぶ絨緞みたいだ。しがみついていなければ、風に振り落とされてしまう。助けて。

その先に続く言葉が一つしかないことはわかっていた。

呪文のように何度も唱え続けてきた言葉。

黒猫――。求めていた声は、突然に届けられた。無事でよかった。けれど、声を聞いたら、会いたくなってしまった。

黒猫がここにいてくれたなら、小柴教授の行方に頭を悩ますこともないだろう。

もう一度黒猫に言われたことを思い出す。

――二つの疑問は、縦糸と横糸のようにクロスして生地を成す。絨毯の意味論だな。

その後に話したポオのテクストに対する解釈は、この話とどこかでつながるのだろうか？

「シェヘラザーデの千二夜の物語」に託されたもう一つの主題とは何だろう？

地下鉄のホームに電車がやってくる。闇のなかから光る二つの目。その巨大な生き物が音を立てながら通り過ぎ、やがて速度を落として止まる。ドアが開いた。

小柴教授が約束を守る男なら、時間には現れる。少なくとも黒猫はそう思っているようだった。乗り込もう。ほかに捜すあても思いつかない以上、こちらにできるのは、時間どおりに研究棟へ行くことだけだ。

時計を見る。急いで。自分を乗せた巨大な怪物に念じる。怪物はごおおおっと唸りながら、闇を駆け抜ける。

7

「ちょうどいいところに来たね。対談へ向かうんだろ？」

一階のエレベータの前で、唐草教授に遭遇した。

「……間に合いました？」

息を切らしながら尋ねると、唐草教授は時計を見て微笑む。

「一分前だ。急ぐとしよう」

ふう。一気に力が抜けそうになる。ここまで走ってきたせいで、身体は三月のわりに熱を持っていた。

「あの、そう言えば今日いらっしゃる新任教授、まだお名前を伺っていないんですが」

すると、唐草教授はことさら焦《じ》らすような調子で、

「これからわかるさ。とにかく、愉しみな対談だ」

と悠長に言って、地下から上がってくるエレベータに乗り込んだ。

ふわっと宙に舞い上がるような感覚のまま、ガラス張りのエレベータが上昇する。見下

ろすと、構内を歩く学生たちが小さく見える。

最上階の十三階に到着し、対談のために用意された部屋のドアを唐草教授が開く。すでに会場にはぎっしりと人々が集まっていた。

「ちょっと通らせてもらえるかな？」

突然、背後から声をかけられ、振り返った。

そこに思いがけない顔が待っていた。

頭の中が真っ白になった。目の前に、黒いスーツの男の姿がくっきり浮かび上がる。夢にまで見た、その男に問いかけた。

「黒猫……どうしてここに？」

以前イタリアで会ったとき、微かに伸びていた黒髪は前の長さに戻っている。

「君にはぜひ紹介しなくてはね」唐草教授は芝居っ気たっぷりに言った。「四月から〈総合美学講義Ⅰ〉及び〈現代美学講義〉を担当する黒猫クンだ。以前のように、しっかりサポートしてくれたまえ」

すると、黒猫が手を差し出した。

「ヨロシク、付き人サン。また後で話そう」

これまでの二人のややこしいあれこれなんか何もなかったみたいに、時間を二年前にぐるりと戻す優雅な笑みを湛えて。

不意に場内がざわつき始めた。どうやら黒猫の存在に人々が感づいたようだ。割れんばかりの拍手と歓声が起こる。皆、黒猫の帰国を歓迎しているのだ。唐草教授は黒猫を先導して前に進んでいく。

こちらは後方の席から、前方を見守る。

彼は以前のように若すぎる教授に、自分はその付き人に戻った。元どおり。

本当にそうなのだろうか?

あの夜のことを自分は覚えている。刹那とはいえ触れたぬくもりも感触も、何もかも。

黒猫は——違うの?

なぜここに黒猫がいるのだろう?

自分は夢を見ているのだろうか?

空飛ぶ絨毯と同じくらい、まだ現実味を帯びていなかった。

だが、とにかく彼はそこにいた。数年間の不在にピリオドが打たれたのだ。

壇上に用意された二つの椅子の片方に、小柴教授の姿を見つけた。

黒猫の言ったとおり、彼は約束を守り、対談に姿を現したのだ。

「教授見つかりました、あはは」

遅れてやってきたらしい戸影が決まり悪そうに笑う。

「今までどこにいらっしゃったの?」

「それが、ずっと研究棟にいたらしいんですよ」

ずっと研究棟にいた？　ならば、なぜ戸影は見つけられなかったのだろう？　それに、滝田さんが目撃した空を飛ぶ実験や、空へ上っていくのを見たという男の子の証言はどうなるのだろう？

「おっと、僕、記録係なんで、前のほうに行かせてもらいますね」

戸影はそう言って、会議室の端を目立たぬように歩いて前方へ向かった。

「さあ、それでは船出の時刻かな？」

感情の読めないいつもの顔で、小柴教授は泰然と姿勢を正した。黒猫が小柴教授の向かいに座り、記録係の戸影が着席したところで対談が始まる。黒猫が口火を切った。

「まずは、ペルシャ絨毯と権力にまつわる問題からスタートしたいと思います。昨年、小柴教授がものされた評論集、『ペルシャ絨毯が降り注ぐ世紀へ』。これは、ペルシャ絨毯の精神作用を踏まえながら、現代という時代を俯瞰した、実に画期的な評論集でした。私はこの著書から、美学が再構築を迫られているのを感じました。と同時に、小柴教授の心の中には諦観や恐れが入り混じっているように見えたのも事実です」

「鋭い指摘だ。これまで芸術は、各々にある種の志向性を有してきた。あるいは最終目的のようなものを。カタルシスであれ不条理であれ、そこに喚起すべき感情や思考がつねに提起されてきた。しかし、人間の技術に眠る無意識が人間性を飲み込んでしまうことが証明された世紀においては、いかなる芸術の志向性も虚しい。だが、ペルシャ絨毯は違う。いわば腐敗し始めた芸術の世界とは一線を画するんだ」

「すべてに賛同はしませんが、大筋には同意いたします。そして、小柴教授は、現代の芸術を大転換するプログラムはペルシャ絨毯の中にあると説かれています。それは目下普及し始めている、とも」

「そうだね。ペルシャ絨毯にあるのは、状況に対する柔らかな癒しだ。心的作用と言い換えてもいい。

たとえば、ペルシャ絨毯には花瓶文様、樹木文様、庭園文様というように草花がモチーフとして描かれることが多いが、それは、砂漠に覆われたペルシャの風土にオアシスを付与する効果もある。また一方で、動物文様も多く存在する。本来、イスラム教国では建前上、動物をモチーフとすることはタブー視されているにも拘わらず、だ。絨毯は禁忌の微かな解放区――ユートピアとなっていた。そこにペルシャの人々の精神的な宇宙が広がっている。イスラム文化的なものから出発しながら、世界全体を俯瞰し、ただひたすらに状況《シニャレ》を標示するものへとシフトしたんだ」

「かつて土方巽が暗黒舞踏を創造することで為し得た、質感の芸術と近い話でしょうか」

その言葉に、少なからず小柴教授は反応したように見えた。黒猫は続ける。

「土方巽は、イメージに関わることで白塗りの身体を絶えず変容させ、あらゆるものに

〈なる〉。それは、西洋のバレエが動きやラインで表現することで同時に闇に葬ってしまった、ミクロ単位で世界の有《あ》り様《よう》を点描する粘り気のある質感でした。いわば、ゲル状の思考そのものです」

「ゲル状の思考――まさにそれだ。ペルシャ絨毯の質感とデザインの双方が為す秩序だった動きと、土方巽の暗黒舞踏とは、まったく正反対のところから出発しながら、最終的には同じところへ到達しようとしている。私は土方の暗黒舞踏も評価している」

ゲル状の思考、という単語から、一気に対談が高次元にシフトしていくのを感じた。そこから、美の抽象思考に関する話題へと移っていく。二人の話題は、土方巽やペルシャ絨毯の思想を絡めながらも、あくまで現代に焦点を絞ったものだった。

聴衆は皆、そのダイナミックな対談の展開をひたすら息を潜めて見守っていた。

対談も終盤に差し掛かった頃、黒猫はこう言った。

「ところで――そういった、いわば土方的なかたちによる世界の破壊とペルシャ絨毯的な秩序への回帰の狭間で、個人の愛の問題はどういう位置づけになるのでしょう？」

対談が一区切りつきそうな時に差しだされた唐突な質問に、小柴教授は幾分戸惑ったようだった。

「どういう意味かな？」

「世界は崩壊と再生を繰り返します。しかし、本物の愛に出会ったとき、人はその絶対の理論を受け入れられなくなるかも知れませんよね？」

黒猫が挑むような眼差しを向けると、小柴教授が蒼ざめるのがわかった。

「そして、そこから逃れる唯一の方法があります」

「それは——何かね？」

「跳躍です。この世から己の存在を跳躍させてしまえば、その循環のパラダイムから逃れることができます。小柴教授、先ほど勝手に研究室に入らせていただきました」

小柴教授は静かに黒猫を睨みながら、用意されていたミネラルウォーターのペットボトルの蓋を開け、ひと口飲んだ。

黒猫は小柴教授の視線に動じることなく、言い放った。

「絨毯は僕が回収しました。もう空を飛ぶことはできませんよ」

「……勝手なことをしてくれたね」

小柴教授は、ゆっくりと立ち上がる。その瞳に、諦観を含んだ悲しみの色が見え隠れする。

何が起こっているのかわからない聴衆はざわめき始める。

が、黒猫はそんなことには頓着しない。

　まるでここに小柴教授と自分以外は存在しないかのように、話を続ける。

「〈空飛ぶ絨毯〉で空を舞う行為は、世界へのデモンストレーションとして強烈なインパクトをもつでしょう。しかし、それは独りよがりかも知れませんよ」

　すると、小柴教授は疲れきったようにフッと笑った。

「だから今日を選んだのさ」

「だろうと思いました。つまり、僕にあなたの行為を解体するだけの能力があると踏んだわけですね。それ自体は光栄に思いますよ。しかし――僕にはあなたの最後の飛行を解読するような趣味はありません。代わりに、ある人をお呼びしておきました。先ほど、無事に到着したようです」

　ドアの開く音がしたのは、その時だった。

　一斉に聴衆が振り向く。

　現れたのは、今子夏海だった。

　さっき自宅で会ったときとは見違えるように、清楚な雰囲気に変わっていた。黒いドレスが、白い肌を際立たせる。

　彼女に見つめられた小柴教授は、静かに目を瞑《つむ》って頭を垂れ、「なぜだ……」と呻《うめ》いた。

　夏海が前に向かって歩き出す。

　そして壇上までたどり着くと、小柴教授を抱きしめた。

「帰りましょう、あなた」

小柴教授は声を詰まらせながら、夏海の胸に顔を埋めた。

それは、一人の人間が溺れかけた大海原で海自体に解放され、癒されるようでもあった。

黒猫は立ち上がると、聴衆全体に向けて言った。

「本日はお集まりいただきありがとうございました。これにて、対談は終了です」

その言葉に、聴衆はどよめいた。場内はいまだ混沌に支配されていたが、黒猫は構うことなく颯爽と退席した。

その背中を、すぐに追いかけた。かってそうしてきたように。

8

学内のオープンカフェテラスは、まだ春休み期間ということもあってだいぶ空いていた。白いテーブルが並ぶこの場所に黒猫といること自体、もう何年ぶりだろう。

時折、黒猫のことを知っている学生が、ちらちらと興味深そうに目で追っている。もっとも、何も知らなくても黒猫は存在自体が目立ちはするのだけれど。

「黒猫の解釈を聞かせて。まず、小柴教授はどこに消えていたの？」

珈琲を飲みながら、尋ねた。斜め向かいに腰かけた黒猫は、ホット苺《いちご》オ・レをスプーンでかき混ぜている。

「消えてなんかいないさ。屋上にいたんだ」

「屋上に……？」盲点だった。「やっぱり空を飛ぼうとしていたの？」

黒猫はおかしそうに笑った。

「たしかに彼は絨毯とともに飛行しようとしていた。真っ逆さまに落下するだけの直進的な飛行をね」

「え……」

「彼は自殺しようとしていたんだよ。そして、滝田さんは恐らく、自殺のための実験を目撃したんだ」

「実験？」

「そう。小柴教授は、下に人がいない時を見計らって屋上から絨毯を落下させていたんだ。テスト飛行だな。だから小柴教授は『すみません、ちょっと空を飛ぶ実験をしていました』と言ったんだ」

「それじゃあ……岩隈准教授のお子さんが見た空を飛ぶおじさんは？　彼はたしかに飛んでいるのを見たようだったけれど……」

「その子の目は確かだよ。本当に人間が、飛んでいたのさ。正確に言えば、絨毯と一緒にではなく、小柴教授一人がね」

絨毯と一緒でもありえないが、一人で飛んだと言われると、余計にわからない。

黒猫は、カフェテラスの開きっ放しのドアから見える研究棟を指し示した。

「ほら、見てごらん。真っ白な研究棟の中で、一筋だけガラス張りの部分があるね」

「エレベータでしょ？　それが一体……」

言いかけて、気づいた。ちょうど誰かがエレベータに乗って昇っていくところだったのだ。子どもの目には、人間が空へ上っていくように見えたことだろう。

「これでわかったね？　小柴教授は再び実験をしようと、絨毯を拾ってエレベータで最上階まで行き、屋上へ向かった。ところが、今度は地上に岩隈准教授の妻子の姿があったため、彼らが去るまで屋上に留まっていた。失踪するつもりだったわけじゃないんだよ。君たちはバラバラの情報をパッチワークみたいに無理やり一つの情報にまとめ上げてしまったんだ。小柴教授は空なんか飛んでない。もっとも、あの絨緞自体は本当にソロモン王が所持していた〈空飛ぶ絨毯〉である可能性は高いけどね。ただし——空は飛べそうになかったが」

黒猫は苺オ・レを啜ってふうと一息ついた。

「対談のあとは甘いものを補給しないと死んじゃうね」

「そう簡単に死なれては困ります」

「涙が涸《か》れるから？」

じろりと睨む。昨夜の心配をまるごと返してほしかった。

「でも今ひとつわからないわ。どうして、絨毯とともに飛び降りようなんて思ったの？」

「これは単純に愛のやりとりだったんだ。夏海さんが夜な夜な踊っていたのは、言ってみればシェヘラザーデの寝物語と同じだ。その舞踏は必ず絨毯の上で行なわれた。かつて土方巽がさまざまなものから動きやかたちを集め、舞踏譜のもとにしたように、夏海さんは小柴教授の心に平安を与えるべく、ペルシャ絨毯を舞踏譜に見立てて踊っていたのさ」

——具体的に言えば、この部屋のあらゆるモノからかたちを採集して、舞踏の型にするの。

夏海さんの言っていたことと符合する。

「彼女は夜毎そうして王の気まぐれという自然現象を落ち着かせた。ところが昨夜は違った。彼女は未来を予兆させる演技をした。なぜなのか——それは、昨夜テレビでやっていた悲惨なニュースを見た小柴教授が、〈空飛ぶ絨毯〉を敷くことにしたからだ」

「あっ……」

小柴教授は昨夜のニュースを見た後に〈空飛ぶ絨毯〉を選んだ、と夏海が言っていたことを思い出す。

「この五年間で彼女はペルシャ絨毯を舞踏譜に読み換える自己システムを構築しており、

小柴教授はそんな彼女の舞踏の文脈を正確に読み解ける最高の理解者だった。それは夜、二人のあいだだけで行なわれる愛の交感だったんだよ。そして——彼女は〈空飛ぶ絨毯〉に秘められたものを的確に読み取ってしまった」

「〈空飛ぶ絨毯〉に何が秘められていたの？」

「それは物語が教えてくれる。ソロモン王は絨毯一振りで大量の人々に死をもたらした。〈空飛ぶ絨毯〉は、便利な道具だが、同時に殺人兵器にもなる。舞踏家の夏海さんはその存在を型として体現した。小柴教授はその舞踏と昨夜のニュースを結びつけた。自動車が起こした不慮の事故。それを見た後に彼のなかで〈空飛ぶ絨毯〉は忌むべき現代の恐怖《テロル》の象徴となった」

「現代のテロル——」

「すなわち、人間の技術——あるいは魔術——それ自体だ。〈魔法の絨毯〉の前では、いかなる者も犠牲になり得ることを小柴教授は理解してしまった。しかし、同時にもっと個人的なことも思い出しただろう」

「と言うと……？」

「彼は前の奥さんを何で亡くしていた？」

「自動車事故？」

「十年前に奪われた愛すべき生命のことが、当然思い出されたことだろう。彼はその死の前に為す術がなかった。そしてその悪夢を繰り返すかのように、オートドライブの不具合という新たな恐怖《テロル》の影が忍び寄る」

このシステムに限らない。科学技術があまりに発達しすぎた現在では、つねに新たなシステムエラーが起きている。

「その恐怖はどこかで大切な人の命を奪うかも知れない。そう考えたとき、彼は、今まさに絨毯が一振りされるその前に——自分が犠牲になれないか、と発想した」

「そんな……自分が死んでしまっては元も子もないじゃない？」

「だが、そこに行為は残る。ポオの物語では、シェヘラザーデは歴史が織り成す科学の未来と美的質の変容がもたらす恐怖を王に知らせる。自分の命と引き換えに。一方で、小柴教授は彼自身の物語にポオとは違う結末を用意していた。彼は、彼自身にとってのシェヘラザーデである夏海さんの舞踏からメッセージを受け取る。ここまでは同じだ。しかし小柴教授は、最後に自らが〈空飛ぶ絨毯〉とともに死を遂げることで、世界に対してのシェヘラザーデとなることを望んでいたんだ。その解釈を僕に委ねてね。これが、絨毯の意味論さ」

黒猫は苺オ・レを飲む。こちらも合わせて珈琲を飲み干した。

「ところが、黒猫は夏海さんを呼び——それを阻止した」

「彼に誤算があったとすれば、僕が君から事前に失踪の話を聞いてしまったことだろう。

何か僕に言うことは？」

視線が重なる。

あの夜のこと、そして翌朝のこと。いろいろ話したいことはあった。

本当なら、再会した瞬間、そのまま胸に飛び込んでしまいたかった。

けれど、身体は思うように動いてくれない。いつもそうなのだ。

生きていてよかった、と言おうか。でも、そんなことを口にしたら、昨夜の不安が全部溢れ出て、涙に変わってしまいそうな気がした。

結局、出てきたのは他愛もない言葉だった。

「……おかえり」

黒猫は苺オ・レをスプーンでひと口、こちらに運ぶ。

人工的で甘すぎる。顔をしかめていると、黒猫は優しく目を細めた。

「ただいま。本当は去年の秋にはあっちの大学のカリキュラムからは外してもらっていたんだけど、ラテスト教授との思想継承の対話に時間がかかって、結局帰国が今頃になってしまったんだ」

連絡をくれなかったのは、思想継承終了の時期を明言できなかったからなのかもしれない。

「お土産は？」

「ないよ。そんなもの」

「あ、ひどい」

「代わりにはならないが、パフェを食べに行こう。カフェ・ゴドーのパフェが恋しくて仕方ない」

「うん……行こうか」

黒猫が立ち上がり、歩き出す。

その後ろを追いかける。以前のように。けれど、なぜだろう。心のどこかに一抹の不安がよぎる。

いない間に育んでいたはずの感情は、どうなるのだろう？　まるで何もなかったみたいに、また淡くて、胸の高揚が静かに続く毎日が始まるのだろうか？

それもいいかも知れない。けれど――。

黒猫は歩きながら、こちらを見もせずに話す。

「シェヘラザーデの寝物語が続くのも、終わるのも、単なる時の運かも知れない。でも、そんな世界の気まぐれへの抗議のために自らの命を捧げるより、いつかの終わりを思いながら千一夜、愛する人の手触りを慈しんだほうがいい」

その言葉は、唐突だった。そして、唐突なことが意味をもつようでもあった。

千一夜、愛する人の手触りを慈しむ。いつ、どちらに死が訪れるとも限らぬ今を生きているのだ。

小柴教授はわかっていたはずだ。だから大丈夫。自分がわかっていることを、もう一度その質感を頼りに確かめれば、二度と今日のようなことは起こらない。

自分の頼るべき質感は——一つしかない。

生死すらわからぬ昨日があったからこそ、強く思う。もう決して離れまい。目の前を歩く黒い背中から。たとえ、互いに想いを告げぬままであろうとも。

何より、黒猫と景色を眺めていると、不安が消えていく。この世界が、まだ捨てたものではない、そんな気分になるのだ。

彼はまた話を始める。黒猫の語る小難しい美学は、世界を自在に舞う魔法の絨毯のようだ。

どこまでも連れて行ってほしい。

ここは——魔法の絨毯の上。

見下ろせば、そこかしこに命を狙う危険な怪物たちのいる世界。

目を閉じて、そっと祈る。

死が二人を分かつまで、
エキゾチックなユートピアがどこまでも続くように。

第二話　独裁とイリュージョン

Thou Art the Man, 1844

■「お前が犯人だ」

一八＊＊年の夏、町随一の資産家シャトルワーズィ氏が数日間失踪した。彼は土曜日に＊＊市へ出かけたが、二時間後に銃で撃たれた馬が戻ってきただけで、日曜になっても姿を見せない。

彼が無事に戻ったときのために事態を静観しようという親友グッドフェロウと、一刻も早く死体を探そうというシャトルワーズィの甥ペニフェザー。ふたりは対立するが、ペニフェザーが殺人であることを強く主張したため、町の住民は捜索を開始する。

だが捜索において、ペニフェザーが犯人だと思われる証拠が次々と発見され、さらにグッドフェロウが「ペニフェザーはシャトルワーズィの跡取り」と言ったことでペニフェザーへの疑いの目は強くなり……。

ポオの著作のなかでも、ミステリ色が濃い作品。

1

　ゴールデンウィーク前にはどうしても仕事が立て込んでしまう。教授陣からの頼まれ仕事のほかに、週明けの学会発表に向けて同分野研究者の論文を査読したり、機関誌『グラン・ムトン』の原稿をまとめたり、執筆依頼をしたりといった業務をこなしつつ、自らの研究も行なわねばならない。

　根を詰めすぎて目が疲れたので書類から目を離し、眼鏡を外して指で目を揉み解《ほぐ》していると、斜め向かいの席から声がかかった。

「先輩、こっちの作業は終わりましたよ」

戸影はまだ四月だというのに、七分丈のチェックシャツにグレイのハーフパンツ。すでにサンダルという軽装で、挙げ句にパタパタと手で煽いでいた。

「お、早いわね。それじゃ、これもお願い」

戸影が早速抜けようとしていたので、唐草教授から下訳を頼まれていた学術論文の一部を渡した。イギリスで昨年会話をかわした教授が、『グラン・ムトン』に寄稿してくれたものだ。

「うへえ……」

研究棟のグループ研究室にある広いテーブルを挟んで、二人で黙々と作業を続けること二時間が経過していた。

「文句言わない。まだあと十五分あるでしょ？」

再び眼鏡をかけて、表情を引き締める。

「僕はただ先輩の眼鏡姿が長時間見られると思っただけなのに……。くぅ……今となってはあの時はどうかしていたとしか……」

「弱音吐いてないでさっさとやる！」

パソコンの使い過ぎか視力が落ち、昨年からコンタクトを使うようになったが、研究のために長時間精読するときは眼鏡をかけるようにしていた。なるべく重たくないものを買ったのだが、それでも定期的に眼鏡を外していないと眉間のあたりが疲れる。

「でも先輩は思わないんですか？　雑用より自分の研究にもっと時間を使いたいって」

「……雑用かどうかは本人の心掛け次第だと思うよ」

戸影の言うとおり、教授の研究のための下訳より自分の研究に時間を充てたい気持ちはなくはない。けれど、こうしてさまざまな業務をこなさねばならないのも、研究者としての階段をまた一歩上った証拠なのだ。

そして、一歩一歩階段を上るごとに、黒猫は流星のようだなと思えてくる。パリから帰国した黒猫は、以前にも増して活躍を続けていた。距離は近くなったのに、前よりも遠い存在に感じる。

黒猫が渡仏してからの二年間、自分なりに精一杯頑張ってきたつもりだった。けれど、こうして同じ職場になってみると、途方もないほどに実力を引き離されているのがわかるのだ。唐草教授が以前のようにこちらを黒猫の〈付き人〉に指名したりするから、余計にである。

おかげでこの一ヵ月のあいだ、黒猫に対してよそよそしい態度をとってしまった。意識するほど胸の高揚が激しくなる一方で、学者としてライバル視する気持ちもあるせいか気安く接することができなかった。

博士研究員というポジションは、次のステージを与えられないままの可能性もあるのだ。日々試されている緊張感を持てばこそ、同期にしてすでに教授という天才と己の現状とを比較してしまう。

昔は違った。初めから足元にすら及ばなかったから。そう考えれば、引き離されたようで、案外縮まっているのか。

しかし、今日のもやもやはそればかりではなかった。先ほど、黒猫のもとに女性の来客があったのだ。思いがけない人物だった。まさか彼女が現れるなんて。だが、それより意外だったのは、黒猫の反応だ。彼はかつての確執などなかったかのように、誘われるままカフェへと出かけてしまったのだ。

「それにしても、さっきの女性、おきれいでしたね」

戸影がこちらの内心を知ってか知らずか、そんなことを言った。

「ミナモのこと？　彼女、この大学の出身よ」

「え！　僕の上司になった可能性もあるんですね。惜しい」

久々に会ったミナモは、穏やかな笑みを浮かべていた。けれど、黒猫の顔をひと目見ると、「お会いしたかったわ」といきなり抱きついたのだ。黒猫はポケットに手を入れた状態だったから、彼女を受け入れたわけではなかったのだろうが、こちらは面白くない。

二人がカフェに行ってから、間もなく二時間が経とうとしていた。

「せ……先輩？　インク、大変なことになってます」

「え？　わ！　ホントだ！」

気がつくと、書類にインクが滲んでいた。力が入り過ぎていたようだ。ティッシュで拭きとりながら、頭の中には先ほどから反芻し続けている疑問が再度浮かんできた。

ミナモは一体何の用で黒猫を訪ねてきたのだろう？

2

「君が僕を訪ねてくるとは思わなかったね」

「私もですわ」

ミナモは珈琲の入ったカップを両手で持ち、口に運んだ。そして、自分が昔よりも、目の前にいる黒いスーツの男に対して冷静な気持ちでいられることを喜んだ。

私はまだこの男を好き。でも恋い焦がれてはない。今くらいの温度で再び会えるなんて、思いもしなかった。

「君は今たしか――」

「末広大学で講師をしておりますの」

「かなりスムーズなコースだね」

「非常勤講師ですもの」

ミナモは自嘲気味に微笑んだ。

入院中の末広大学の教授が復帰するまで、十九世紀末のヨーロッパ文化について講義をするだけ。その後はもとの大学に戻るが、キャリアとしてマイナスに働くことはない。

「しかし、無有市《なしあり》だと、君のご実家からは通いづらいな」

ミナモの実家は吉祥寺にある。東京の東端にある無有市へ毎日通うのはかなりしんどい。

「今はある人形作家の男性に、アトリエの隣室をお借りしていますの」

人形作家から大胆な申し出があったのは先月のことだった。知り合ってから半年が経っているのに、彼ははにかみ、俯《うつむ》き加減で言った。

――空いている部屋があるから、そこから通ったら？

ミナモは驚いた。彼の個展を訪れた際に食事に誘われ、以来ときおり会って話をする仲になってはいたが、部屋を借りるとなると、好意の域を越えている。

答えに躊躇《ちゆうちよ》していると、彼は慌てて付け加えた。

――誤解しないで。アトリエの横に個室の部屋があるんだ。そこには鍵がかけられるし、君以外には誰も入れない。

――でも、すぐお隣であなたは仕事をしていらっしゃるのでしょう？　何だか悪いような気がしますわ。

居心地が悪そうに彼は鼻先を掻きながら、「僕は構わないよ」と答えた。その薄茶色の瞳はこうして普通の会話をしている時も創作について考えているみたいだった。

初めて会った時はもっと人見知りがひどかった。個展を開いているのに、客の目を見ないのだ。人間よりも、人形と話すほうが性に合っているのか、人形に話しかけたり、腹話術のようなことをしたりして、客の子どもたちを喜ばせていた。そんな彼に心惹かれて、声をかけたのだ。

――そうね。考えてみますわ。

ミナモはそう答えたが、内心では決めていた。この男のアトリエの隣で暮らすのは面白いかも知れない。

ミナモは、黒猫の反応を見た。彼は、この話を聞いてどう思っただろう？

「大丈夫なのか？」と黒猫は尋ねた。

「心配？」問い返すと、黒猫は冷笑を浮かべて答えた。

「君が、というより相手がね」

かわいくない。こういうことを言う男なのだ。

実際、アトリエと個室とは、玄関口も別々であり、行き来可能な内ドアの鍵さえきちんとかけていれば、顔を合わせずにすむ。防音性も高く、自室の音が隣に漏れることもない。

「ところで、無有市に住んでいる人形作家を、僕は一人しか思いつかない。羽瀬川《はねせがわ》稗流《べる》かな？」

「そのとおりよ。やっぱりご存知でしたのね」

稗流はハンス・ベルメールの系譜に名を連ねると言われる球体関節人形師だ。そのエロティシズムは時に反時代的でもある。

創作の原点を尋ねられて、「人形しか愛せないから」と即答するようなストイックな創作姿勢が、芸術誌に〈現代の異形の紡ぎ手〉と取り上げられてコアな好事家に愛好されるようになった。

「彼の研ぎ澄まされた考察から生まれた代表作〈幸福〉は世界に衝撃を与えたね。まるで近代的なビルのように無機質で曲線に乏しい身体つきをした球体関節人形。頭部はなく——彼のドールの多くは頭部を持っていないよね——首のところが洞穴になっている。その穴を覗き込むと、中には内臓ではなく、乳房や臀部を思わせる曲線が鍾乳洞のように広がっている」

「ええ。あの作品は、表層的には無菌状態を装いながら、一枚皮を剝がせばタブーの蔓延している現代社会への警鐘ともなっていますわ」

「彼の創造物には、さまざまな曲線が描かれるが、何であるかは具体的には明示されていない。羽瀬川稗流は高度なパノプティコン的社会に爆弾を仕掛けたのさ。かつてハンス・ベルメールがヒトラーに対してしたようにね」

ミナモは思わず黒猫の手を握りしめた。

「あなたならわかってくださると思っていたわ」

久しぶりに触れる黒猫の手。微かなぬくもりを保ったその手を、自分だけのものにしたいと強く願った若き日のことが懐かしく思い返された。黒猫はミナモの手を握り返そうとはしなかった。ただ、自由な左手でカップを持ち上げ、珈琲を啜《すす》った。

「じつは困ったことがありますの。私を助けて、黒猫」

「悪いが、君を助ける義理は……」

ミナモは、言いかけた黒猫の唇を自分の唇で塞いだ。黒猫は身じろぎもせずにミナモを見つめていた。冷静な瞳だった。

「私の接吻は高くってよ。お願いくらい最後まで聞くべきですわ」

黒猫は左の眉をシニカルに上げると、肩をすくめて言った。

「聞くとしようか。とりあえず」

ミナモと黒猫は学生時代に一度決裂している。だが、今の接吻は一度冷え切った関係を温め直し、柔らかなニスを施した。少なくとも、ミナモにはそう思えた。

「私が盗まれてしまいましたの」

「君が？」

挑発的な笑みを向ける。黒猫は瞬時に意味を理解したようだった。

「つまり——君をモデルにした人形が消えてしまったんだね？」

察しのいい男だ。ミナモは頷いた。

発端は、稗流が来月の個展に向けての新作の制作を始めたことにあった。引っ越した翌日、モデルを頼まれた。はじめから、それが狙いだったのかも知れない。彼の前で素肌を晒すのは恥ずかしかったけれど、芸術家の要求に抗うのは難しかった。

ミナモは服を脱ぎ、思いがけないことが起こったのは、ポーズを取らされて三時間ほど経ったときだ。彼が汗を拭うために壁際の置物にかけてあったタオルを取った瞬間、まだ二十に手が届かぬくらいの青年が視界に入ったのだった。

彼は生まれたままの姿でいるミナモを直視し、息を呑んだように見えた。こちらの視線に気づくと、稗流は彼が鈴木という助手だと明かした。

デッサンが終わった後、ミナモが服を着ていると、鈴木君は裸を見てしまったことをすまないと思っているようだった。

——お気になさらないで。

鈴木君は幾分ホッとして見えた。その様子が可愛くて思わず彼の頭を撫でた。ちょうど、アトリエの奥にあるキッチンでお茶を淹れていた稗流が戻ってきた。今しがたの行為をどう捉えたものか、彼は冷たい視線をこちらに向けた後、思い出したように「お茶にしよう」と言った。人を落ち着かない気持ちにさせる笑みを浮かべながら。

「そして二日前、やっと私そっくりの身体をもった首なしの球体関節人形ができあがりましたの。もちろん作品として完成したわけではありませんのよ。ここからその人形を〈解体〉していくと稗流は話してくれましたの。ところが、昨日の夕方に稗流がアトリエにいらしたときには、その球体関節人形は、忽然と消えてしまっていたのですわ」

　ミナモが言い終えると、黒猫は尋ねた。

「日中は誰もアトリエにいなかったのかな？」

「稗流は雑誌の取材のために出ていて、おりませんでしたわ。私は講義があったから、もしかしたらそのあいだに誰かが入った可能性はあるかも知れませんけれど」

「鈴木君が盗んだわけではないんだね？」

　流れから、そう問われるだろうと思っていた。稗流もそれを真っ先に疑った。

「わかりませんの。というのも、昨晩、彼はなくなってしまいましたから」

　その言葉に、黒猫はようやく興味をもったように瞳を輝かせた。

3

「よし、五時になりましたよ、先輩！」急に元気よく戸影は言った。

「しょーがないな……じゃあ残りは明日」

「やったー！　飲みに行きましょう！　飲みに！」

やれやれ。お気楽なものだ。まだやらなければならないことは山積みで、これからやっと自分の研究に充てられる時間なのに。

「悪いけど、私は今日は……」

「何言ってるんですか、今日は特別なんです。黒猫先生をお誘いしたんですよ！」

「へえ……それじゃ仕方ないわね」

声が上ずっていないか心配になった。ミナモとカフェに行ったきりだということを気にしていたのだ。

黒猫が戻ってきたら、素知らぬ顔ができるだろうか。ミナモと何を話していたのか、聞きたくなる自分を抑える自信がなかった。

研究棟を出る。まだ日は高く、空は赤くすらなっていなかった。戸影はまっすぐ大学のキャンパス中央にある岩隈銅像の前に向かった。どうやらそこで黒猫と待ち合わせをしているらしい。

「知ってました？　うちの岩隈准教授って、じつは大学創立者のお孫さんらしいっすね」

「そんなの皆知ってるよ。ついでに訂正しておくと、曾孫だからね」

遠くに見える岩隈講堂の前では、今日も学生たちが飲み騒ぐ姿が見えた。

と――岩隈銅像の背後から黒猫が現れた。胸が、高鳴る。

「独占欲の強い女のせいで、危うく遅れそうになったよ」

やや不機嫌な顔でそう言う。

「独占欲の強い女ってさっきの人ですか？　まさか、彼女っすか？」

黒猫はちらりとこちらを見た。思わず、下を向いてしまう。

「馬鹿は自宅でこっそり言え。単なる学生時代の同期だ。それより、今日は焼鳥でいいか？」

「最高です！」戸影の関心は早くも食べ物に移ったようだ。

黒猫は戸影に背を向け、「行くぞ」と歩き出す。

「ふうん……」

こちらは怪訝な顔をしながらその後をついていく。すると、黒猫が振り向かずに言った。

「わかってるだろ？」

「……わかってるよ」

わかっていたら、こんなに胸がざわつくはずはないのに。

ミナモは昔、黒猫に気があった。そして、彼女は自分の望むものはなんでも手に入ると、どこかで信じきっているようなところがある。

「ちょっとしたなぞなぞを出されたのさ」

「なぞなぞ?」

黒猫はそれ以上は後にとっておこうとでも言うように黙って歩を進めた。生ぬるく、微かにまだ冷たさを含んでもいる四月の夜風が、不穏な心を無造作に撫でた。

4

ミナモが再び珈琲のカップを持ち上げた時、黒猫が尋ねた。

「その人形、《ラインの黄金》でできていたわけでもあるまい?」

ワーグナー楽劇中最長の作品《ニーベルングの指環》の序夜《ラインの黄金》のことだろう。ミナモの卒業論文がワーグナーに関するものであったことを覚えていたのだ。

《ラインの黄金》は、ニーベルング族のアルベリヒが、ラインの乙女たちから黄金を奪うところから始まる。彼はその黄金で指環をつくり、ニーベルング族を支配する。指環を狙うヴォータンとローゲは、アルベリヒを騙して捕獲し、自由の身にする代償として指環を要求するのだ。そこでアルベリヒは指環を渡すときに死の呪いをかける。ヴォータンたちが指環を必要としていたのは、築城を手伝った巨人に渡すためだったから、その呪いは巨人たちを破滅へ陥れることになる——。災いをもたらす指環をめぐる壮大な物語の序章に当たる部分だ。

「おふざけにならないで。これは真面目な相談でしてよ」

黒猫はふふっと笑う。

「いや、失敬。ミナモの顔を見ると、どうも自然にワーグナーのことが浮かんでくるのでね」

「それは光栄ですわ。ある意味、あの首なし人形は《ニーベルングの指環》のような禍々しさを備えていましたから」

「君の身体をモデルにしたせいかな」

「どういう意味かしら……ご存知でしょう？　彼の作品を」

「ああ。人間の身体をマテリアルとして徹底的に歪め、形態上の実験を行なう。君の身体によく似た人形をそのための素材にしようとしていたわけだね？」

「そうよ。今回のテーマは、〈救済〉だと稗流は言っていたんですの」

「ほう。ワーグナーの楽劇みたいだ」

「そうね。でもワーグナーの楽劇は四日かかるものもあるけれど、稗流の作品のいいところは、一瞬で見られるところですわ」

ワーグナーは《リエンツィ、最後の護民官》の成功を皮切りに次々と作品を発表していった。どれも長時間に及ぶ大作ばかり。それにも拘わらず人々はワーグナーのオペラを求めるようになっていく。そこには、宗教に救済を見出せなくなった人々が、ワーグナーのオペラに救済を見出したという背景があった。

「十九世紀末のワグネリズムが、一つの巨大な幻影装置とでも言うべきものだったとしたら、稗流はこの二十一世紀にふさわしい幻影装置を作ろうとしていますのよ」

黒猫は珈琲を注文しながら眉間に皺を寄せた。

「幻影装置、といま君は言ったね。たしかにワーグナー楽劇はゲルマン民族の神話的世界を扱っている。だからといって幻影だと言えるのだろうか。むしろ、幻影の中から真実的なものをくみ取っているのであり、また、そうであればこそ人々に救済をもたらすこともできたのだとは言えないかな？」

「いい質問でしてよ。ワーグナーの芸術はロマン主義の流れにありながら、同時に象徴主義への橋渡しをするものでもあり、幻影装置と単純に言い切るには誤解があるのも、理解していますわ。でも、私がここで言う〈幻影〉の定義は、単に現実の対義語ではなく、救いのない現実を否定して救済へ導くような意味での求道的幻影のことなんですの。これでよろしいかしら？」

黒猫は「トレビアン」と言った。ちょうど運ばれてきた二杯目の珈琲の香りに対して言ったのか、ミナモの発言に対してなのかはわからなかった。

「君は昔よりいい意味で丸くなったようだ」

「ありがとう。その言葉がいい意味だと嬉しいですわ」

ミナモの嫌味に黒猫はシニカルに片眉を上げると、続きを促した。

「もう少し具体的に教えてくれないか。いかにして、《ラインの黄金》は奪われ、また災いをもたらしたのか」

相変わらずふとどきな男だ。禍々しいたとえを続けるなんて。

「昨日は講義が三つあったから、帰り着いたのは五時過ぎでしたわ」

ミナモは自宅の鍵を開けようとして、隣接するアトリエのドアが珍しく開けっ放しになっているのに気づいた。おそるおそるミナモが室内を覗くと、稗流が蒼ざめた顔で立ち尽くしていた。

——どうなさったの？

ミナモの問いに、稗流は唇を震わせて答えた。

——君の身体が……奪われた。昼頃、アトリエを出ていくまではそのままだったのに。

見渡してみると、たしかに昨日完成したはずのミナモの〈身体〉がどこにも見当たらない。先日のデッサンにそって、稗流は発泡スチロールを使ってフレームを作り、上から紙粘土を貼り、本物そっくりのラインを創り出していたのに。

稗流は突然、アトリエの中を調べ始めた。だが、ミナモそっくりの身体をした首なし人形はどこにもなかった。

――やっぱり盗まれたんだ。まさかアイツが……。

稗流は眼光を鋭くした。

――もしかして鈴木君を疑っていらっしゃるの？……考えられないわ。

――誰の仕業かなんてどうでもいい。それより、もう来月の個展には間に合わない……

三日前、業者から新しい材料の到着が十日ほど延びると言われたんだ。

稗流は絶望的な顔になった。が、やがて彼は頭を振りながら、一心に作業を進めた。

――何とかするしかない。

その背中にかける言葉は、もう残されていなかった。

ミナモは自室に戻ってからも落ち着かなかった。自分の〈身体〉が紛失したことが、気持ちを不安定にさせた。

夜の八時。ドアの閉まる音がした。部屋から飛び出すと、アトリエから稗流が帰るところだった。彼は憔悴しきった顔をしていた。

――鈴木君は今どうされているの？

さっきは鈴木君を疑っていたようだったから、ミナモは気になっていた。尋ねると、稗流は静かに首を横に振った。

――彼はもうなくなった。

――なくなった……そんな……。

「私はベッドに横たわりながら考えましたわ。鈴木君はなぜなくなったのかしら、と」

ミナモはそう語り終えると、じっと黒猫を見つめた。あの頃のように下唇をとんとんと親指の腹で叩きながら、黒猫は思考をめぐらしていた。

「助けて、黒猫。あなたに解決してもらいたいんですの」

あなたならできる。そうでしょ？

5

戸影が止めたタクシーに乗り、十五分ほどでたどり着いたのは、鍾乳洞の中に和室が広がっているような雰囲気の店。織条富秋《しじょうとみあき》のデビュー五周年記念パーティーの帰りに立ち寄って以来、久方ぶりに訪れた焼鳥屋だ。

通された二階の部屋は、天井が低くてどこか要塞めいている。「先輩は僕の隣にどうぞ」と戸影が言うので仕方なく隣に座る。黒猫と面と向き合う形になり、これはこれで何だか落ち着かない。

ほどなく最初の料理が運ばれた。鳥軟骨の串焼き、つくね、獅子唐《ししとう》。一杯目は全員ビールだった。乾杯を済ませると、黒猫はまず獅子唐に手を伸ばし、一つ頰張って「今日の獅子唐は当たりだ」と満足そうに顔をしかめる。

こちらも箸を伸ばす。辛い。すぐにビールを飲むと、その粗い喉ごしが、獅子唐の辛さを包み込む。

「ハズレの獅子唐を食べたときほど気分が萎えることはないからね、今日はいい夜になりそうだ」

「久しぶりだね。こうやって飲むの」

シチリア以来、と言いそうになって、隣にいる青年の存在を思い出し、口をつぐんだ。

「ああ」黒猫はすべてを察したように素っ気なくそう返す。

視線が——交差する。

あの夜の空気が、戻ってきた気がした。

「ん……何すか、今、僕の存在が消えてた気がするんですが……」

焦るような調子で戸影が言い、こちらは我に返って視線を外す。

あの朝、逃げるようにして部屋を出て、黒猫に別れも告げずに列車に飛び乗った。そのことについては、帰国してからまだ一度も話していない。もしも責められたら、何と釈明したらいいのか、わからなかった。

話題を変えるつもりで、口火を切った。

「ミナモ、元気だった？」

「相変わらずさ。たぶんもう会うこともないと思うけどね」

「え、まさか別れたんですか？」

戸影が妙な割り込み方をする。

「だから彼女じゃないから」

黒猫は煙でも避けるみたいに手で戸影の話題を追い払う。

「冷たいな、黒猫先生は」

「いい論文を書いたらいくらでも優しくしてやる」

黒猫が戸影を撫で撫でしているところを想像して思わず笑ってしまうと、黒猫に睨まれた。慌てて表情を取り繕う。

「ミナモ、幸せなのかしら？」

「ミナモはいつだって彼女の世界では女王様だ」

棘のある言い方だ。学生時代から、黒猫はミナモに対して冷たい。

「それで、なぞなぞってどんなものだったの？」

「彼女はいま人形作家として著名な羽瀬川稗流と付き合っていて、彼のアトリエに隣接する部屋に住んでいる」

「へえ、そうなんだ……」

ミナモとはあまり連絡を取り合っていない。最後に会ったのは、「ジゼル」の一件の時だ。

黒猫は、やがてゆっくりとした口調でミナモとの話を語りだした。

それは、じつに奇妙な謎だった。

6

ミナモは黒猫が言葉を発するのをじっと待った。かつてミナモの試みを〈愚か者の浅知恵〉と切り捨てた男が、謎を解くという行為で手を差し伸べてくれることを。やがて、その期待に渋々応えるかのように、黒猫が重たい口を開いた。

「鈴木君は殺されたのかな？」

「馬鹿なこと仰《おつしや》らないでちょうだい」

ミナモは黒猫をたしなめたが、彼は取り立てて気にする様子もなく続ける。

「……馬鹿なこととは思わないが、まあいいさ。君の話から考えるに、人形がアトリエから盗まれたのは、昨日の昼以降から羽瀬川氏が戻ってくるまでのあいだということになる。

その間アトリエに鈴木君しかいなかったというのは、羽瀬川氏の一方的な証言でしかない。そして、もはや鈴木君がこの世にいない以上、誰もその事実を確認することはできないわけだ」

黒猫は親指の腹で下唇をとんとんと叩いた。

「私が期待しているのは、そんな普通の探偵的な推理ではなくってよ。美的真相を摘出する、それが美学者でしょう？」

「悪いけど、僕は自分の興味の赴くままに話すことしかできないよ。それに、客観的事実は美的真相にたどり着くのに不可欠なポイントでもある。羽瀬川氏が戻ってきたとき、アトリエの鍵は？」

「かかっていたそうですわよ」

「なるほど。しかし、君がアトリエに現れたのは羽瀬川氏の到着より後。すべては羽瀬川氏の虚言かも知れない。彼自身が人形を盗んだ可能性だって、現段階では否定できないよね」

「まさか——だって理由がありませんわ」

「芸術家には、芸術家ならではの理屈があるものさ」

黒猫は何もかもを見通すかのような眼差しをミナモに向け、珈琲を啜った。そう言えば、この男がパフェ以外のものをここで注文するなんて珍しいこともあるものだ。

「今日はパフェじゃなくって？」

「好物は時を選ぶ。もっと楽しめる気分の時でなくてはね」

なんとなく失礼な物言いだと思いつつも、ミナモは何も言わなかった。

「とりあえず、君は自分の問題を解決しないかぎりここから去ってくれないようだ。君はいつも僕を巻き込む」

黒猫は、うんざりしたような顔をする。

「私の人生の楽しみですの」

「迷惑だが、もう一つ尋ねよう。羽瀬川氏が鈴木君を疑っているのは状況証拠からなんだろうか？」

「それが、私が思うに、そうではありませんの」

仕方なく、先日の出来事を話した。鈴木君の頭を撫でた瞬間の稗流の冷たい目のことを。

「すると、羽瀬川氏は君が鈴木君を撫でたことに嫉妬して、鈴木君が君の〈身体〉を持ち去ったんじゃないかと邪推したわけか」

「あくまで私の憶測ですわよ」

「今も昔も、君は周囲にもてはやされる女のようだね」

皮肉とも、単なる賞賛とも取れる独特の言い方。

「実際のところ、君のほうはどうなんだ？」

「私のほう……とは？」

「羽瀬川氏の好意が嬉しいのか、そうではないのか。まあ、部屋まで借りているのだから嫌いなわけはないだろうが」

「……まだわかりませんわ」

黒猫はミナモの瞳の奥まで入り込むように見つめた。そして、目を細める。まるで、奥底に隠された答えをたった今盗み見てきたかのように。

「恋愛なんて一方通行なものだよ。本物か偽物かなんて、自分で決めるものだ。君が持ち込んだ謎も、とどのつまり愛の問題だよ」

「……まさか、もう真相に？」

ミナモは驚きのあまり目を大きく見開いた。だが、黒猫はそれに対して肯定も否定もしなかった。

「君の話を聞きながら、僕は『お前が犯人だ』という短篇小説を思い出したよ」

「エドガー・アラン・ポオね」

その作品なら知っている。さっき黒猫と一緒にいた学生時代の友人に、短篇集を借りたことがあったのだ。彼女は今も黒猫の付き人をしていると言っていたから、黒猫がポオに詳しいのはその影響もあるのでは、とミナモは勘繰りつつ、ポオのテクストを思い返す。

物語は、〈ぼく〉という一人称の語り手がある奇跡について語りだすという形式で始まる。ラトルバラーという町で、名士で資産家のシャトルワーズィが失踪し、銃撃を受けて血だらけの馬だけが帰ってくるという事件が起こる。

それを知ったシャトルワーズィの甥、ペニフェザーが、自分の伯父は殺されたのだと主張したことから、シャトルワーズィの親友の〈オールド・チャーリー・グッドフェロウ〉という、名前のとおり〈いい奴〉で好々爺《こうこうや》を連想させる隣人が音頭をとって、町を挙げての殺人事件の調査が始まる。

足跡の追跡が得意なグッドフェロウは先陣を切り、やがて水溜まりでペニフェザーのチョッキが発見される。

グッドフェロウはペニフェザーを擁護するも、この甥が唯一の相続人であると口走ってしまう。さらに調査を進めると、今度は血塗られたナイフが……。それは甥のナイフだったのだ。結果、ペニフェザーの容疑は確定され、逮捕されてしまう。

この一件で町の人々の信頼を勝ち取ったグッドフェロウは、自宅でパーティーを開くことにする。そんな折も折、ワイン会社から連絡があり、思いがけない事実を伝えられる。

何と、生前にシャトルワーズィが、グッドフェロウに上質なワインを発送する手続きを取っていたのだった。もともと酒好きなグッドフェロウはこの知らせを喜び、パーティーの席でワインを開けようと計画するのだが――。

数あるエドガー・アラン・ポオの短篇のなかで、じつはデュパンもの以上に現代のミステリに影響を与えたのではないかと思われるのがこの作品だ、とかつて彼女に説明されたのを思い出す。

「あの小説が何か関係あるのかしら？」

「シャトルワーズィ殺害の犯人だと疑われるペニフェザーと、疑われるように仕向けるグッドフェロウの関係が、鈴木君と羽瀬川氏の関係に似ているな、と思ったのさ。形式上だけどね」

「そんな表層的なお話がしたいのじゃなくてよ」

「そう怒るなよ」彼はちらっと時計に目をやる。「あと三十分しか時間がないが、それまで解説してやろう。じつは『お前が犯人だ』という小説の形式は、さっきのワーグナーの話とも密接に関係しているんだよ」

「ワーグナーと？」

「そう、問題は〈イリュージョン〉なんだよ」

イリュージョン——たしかにさっき、〈幻影装置〉なる言葉を用いたとき、黒猫はそこを突っ込んで質問してきた。

だが、それと「お前が犯人だ」がどう関係するのだろう？

7

聞き終えたところで、頭のなかで話を整理する。謎は大きく三つだと思われた。

●なぜ首なし人形は消えたのか。

●誰が持ち去ったのか。

●なぜ鈴木君は亡くなったのか。

まるでワーグナー楽劇に登場する、災いをもたらす指環のような展開だ。人形を奪った鈴木君に不幸が訪れたとでも言うような……。

「黒猫先生は羽瀬川氏が嘘をついている、と考えているんですか?」

ホロホロ鳥の焼鳥を頬張りながら戸影が尋ねた。飲み始めて一時間しか経っていないのに、仕事の疲れのせいか戸影の呂律《ろれつ》はすでに怪しい。

「さあどうかな。ただ、羽瀬川氏の芸術家としての思考法が、この謎全体に深く関わっているのは確かだね」

ビールに口をつけながら、黒猫は曖昧に答えた。その余裕な様子からは、彼がとっくに正解にたどり着いていることが窺えた。ならば、こちらは黒猫の態度に惑わされずに、今聞いた話から純粋に考えられることを突き詰めていこう。

「私には羽瀬川さんが嘘をついているとは思えないの。だって彼自身が人形を盗んでも何のメリットもないもの」

「盗んだんじゃなくて、単に壊したのかも知れませんよ？」

戸影が酩酊気味ながら推理に割り込んでくる。

「どうして人形作家が自分の作品を壊すの？　それより怪しいのは鈴木君よ。彼の生前の日記でもあれば、犯行動機くらいわかるかも」

羽瀬川氏の言葉どおりなら、人形がなくなった時間、アトリエにいたのは鈴木君だけ。現在まで人形が見つからない理由を知る意味でも、彼の遺留品を調査する必要はあるだろう。

「羽瀬川さんだって、自分の大事な作品だもの、亡くなった鈴木君の部屋も調べたはずよね？」

「恐らくね。もし鈴木君の部屋があれば、そうしているだろう」

「それじゃ、誰かが鈴木君を殺して奪ったのか――」

「あるいは、攫われた人形が鈴木君を殺して逃げたのか？」

その瞬間、気温が二度ほど下がったような気がした。ミナモにそっくりな球体関節人形が、闇夜をひた走るところを想像して、鳥肌が立った。

ところが——黒猫は「なんてね。でも残念ながらそれは違う」と言った。

「忘れてはならないのは、鈴木君を疑っているのは羽瀬川氏であって、そこに根拠はないってことだ。君たちは、物事を根本から疑うということを知らないね」

「黒猫みたいに羽瀬川さんの発言を疑えってこと？　だからさっきも言ったように羽瀬川さんが嘘をつく理由がないでしょう？」

「僕が羽瀬川氏の発言に根拠がないと言ったのは、数ある〈思い込み〉の一つを指摘したまでさ。物事を根本から疑えば事件はべつの見え方をすると思うよ」

「どんなふうに？」

ここまで言われたからには、黒猫の理屈を聞かずには済まなくなってきた。

「ゴンブリッチは『芸術と幻影』の中で、知覚はときに自らを裏切ると語っている。たとえば、Aと知覚していたものがいったんBだと気づくと、今度は逆にB以外とは考えられなくなる。このように、芸術の中にも幻影は現れる。もちろん、芸術の世界で起こることは、現実の世界でも起こること。とりわけ、芸術家の周辺ではね」

「どういう意味なの？」

「そのままの意味さ。我々に知らされている情報は何に基づくものか、ということを一度冷静に考えなければならない。僕にこの話をしたのはミナモだ。僕は直接的に鈴木君なる人物を知らない。彼がどんな人間なのか——すべては、ミナモの言葉からしか判断できない。すると、あることに気づく。ミナモは、鈴木君の表情については語っているが、鈴木君と具体的にかわした会話などには何も触れていない」

たしかに、ミナモはあえて鈴木君との会話を省いたようだった。

「つまり、鈴木君とミナモさんには、説明を省いておきたいような関係がすでにあるということですね？」

また戸影が割り込んだ。彼らしい発想だ。実際、ミナモなら黒猫を挑発する目的でそうした罠を仕掛けてくる可能性はある。

だが——黒猫は静かに首を振る。

「ヒントは、『お前が犯人だ』の中にあるのさ」

さっき黒猫は、ミナモに表層的な部分でその物語を例に出したことを話してくれた。だが、どうやらもっと本質的なところで、この事件とポオの作品はクロスしているようだ。

黒猫が、いたずらっぽい目をしていた。

我々は、ただこの男の論理が再び動き出すのを見守るしかなかった。ビールを飲む。黄金色の飲み物の向こうで、黒猫もまたビールを飲み干した。そして、論理の遊歩が始まった。

8

床から天井まで黒一色の店内の、陽光の届かぬ奥の席にいると、昼間でありながら真夜中に密会しているような不思議な気分になる。

ミナモは黒いスーツの男が美味しそうにパフェを食べるのを見つめていた。黒猫のために、ミナモがわざわざ注文したのだ。彼ははじめ迷惑そうに眉間に皺を寄せたが、パフェが運ばれてくると、観念したようにスプーンをもって、てっぺんの苺を食べた。

「ラテン語にイルデーレという言葉がある。これはイリュージョンのもとになった語で、弄《もてあそ》ぶとか惑わすという意味がある。先ほど話した『お前が犯人だ』には構造的に三つの騙しが存在する。一つはグッドフェロウからラトルバラーの大衆への騙し。それから、冒頭に登場した語り手である〈ぼく〉の存在が中盤まったく消えていながら終盤に再び姿を現し、最後にグッドフェロウを騙し、また同時に読者をも騙す」

「それが、三つの騙し、ね？」

「三つのイルデーレ。そして、幻想は原則として現実や真理の反意語となる。しかし、三つの騙しがこの物語では真相を炙り出すテクニックとして用いられているところに認識の転換があると思わないか？　単純にジャンルで見た場合でも、この小説は実際、新しい試みに満ちている。探偵小説として始まり、怪奇小説的な真相が現れ、さらに〈ぼく〉の口からそれすらも仮象であったことが明らかとなり、もう一度探偵小説が姿を現す。読者の認識に対して多層的にイリュージョンを施しているんだ」

　思いもしない解釈だった。もっとも、あの短篇を読んだのは遠い昔のことで、解釈しながら読もうとも思っていなかったのだから、当然かも知れないが。しかし——。

「それとワーグナーと、どのような関わりがありますの？」

「わからないか？　君はワーグナーを十九世紀の〈幻影装置〉だと言った。現実を否定し、救済へと導くための装置だと。以前に君がワーグナーを〈壁〉にたとえたよりはいい表現だ。僕もワーグナーが〈幻影装置〉であることには賛成する。だが、しょうじきに言うと、僕がそう考える理由は、君とは少し違うんだ」

「どう違うのかしら？」

「ワーグナー楽劇は、ボードレールやマラルメ、ニーチェなどの詩人や思想家に良くも悪くも多大な影響を与えた。そこで重要なのは、ワーグナーの楽劇が詩と音楽、舞踊と絵画といった芸術ジャンルの垣根に立って芸術を総合的に活性化させる〈恒久的幻影製造装置〉だったということなんじゃないかな。そして、恐らく羽瀬川氏が敬愛しているであろう人形作家のハンス・ベルメールもまた——このワーグナーと間接的に関わりをもった人物なんだ」

「ワーグナーとベルメールが？」

「ヒトラーがワーグナー楽劇に見られるゲルマン民族の魂に心を打たれたのはよく知られ

る話だが、ハンス・ベルメールは戦中から反ナチズムを唱えた人形作家だった。彼の人形が脂肪のついた女体の継ぎ接ぎのような歪《いびつ》な形状をしているのは、当時ヒトラーが標榜していた優生学への反発でもあった。エロティックとグロテスクの渾然一体となった彼の球体関節人形は、現実を否定する強烈なイリュージョンであり、それはナチズムに抵抗するためにベルメールが創り出した手法だったんだよ」

「すると、ワーグナーとベルメールは対立する立場にあるのかしら？」

「対立はしていない。ただ、ちょうど裏側にいる感じなのさ。二十世紀初頭のドイツというのはワーグナーのイリュージョンから出発して再構築された世界に、体よくヒトラーが君臨してしまった歪な状況を迎えていた。そして、今度はベルメールがその歪なる現実にハンマーを叩きつける。わかりやすく言うなら、両者の関係はそういうねじれた位置にある。さて——それでは君の〈身体〉紛失の謎に戻るよ」

そうだ、その話だった。一体、今回の謎に、この美学的講釈がどのように作用するのだろう？

「鈴木君はどこへ消えたのか。君の〈身体〉が消えたという現象は何を意味しているのか？」

「そう。あなたの見解が知りたいの」

黒猫は幸福そうな顔で苺パフェにスプーンを差し込み、口に運ぶ。ミナモもさっき新たに頼んだダージリンティーを啜る。熱すぎず、ちょうどいい温度だった。

「謎の答えは」と黒猫は切り出す。「君が何者なのか、という問いにすでに含まれているのかも知れない。君という素材にイリュージョンは含まれている」

「イリュージョン？」

「イリュージョンをもう一度現実に戻す、というポオのやり方は社会を再構築するために開発したテクニックだったのだろう。そして、それはもちろん単なるゲーム性を帯びたものではない。『お前が犯人だ』の話に戻すと、はじめに語り手である〈ぼく〉は自分がどういう役割を担うのかをはっきりと示している。すなわち、オイディプス的な役割を」

思いがけない古典の名が出てきたことに驚く。だが、次の瞬間、気づいた。

「オイディプス——そう言えばそんなことが書いてありましたわね」

本文中にその記述があったことを思い出したのだ。

「オイディプスは、スフィンクスに謎を出され、過去、現在、未来の姿から答えを導き出す。オイディプスは未来を予言したに等しい。だから、あのテクストの語り手がオイディプスならば、未来をも予見していたことになるだろう。語り手が作中で起こることを前もって知っていたならば、『お前が犯人だ』の〈お前〉は読者の考えている人物ではないことになる」

「何ですって……まさか犯人はべつに？」

黒猫はゆっくりと頷いた。

「そう、すべてを知っていた者という意味では、〈ぼく〉こそがあらゆるものの仕掛け人でもあるだろう。そして、最初に〈オイディプス〉としての宣言があるのに、それを失念していた我々読者もまた共犯者であるかも知れない。そう考えれば、このテクストは読者を犯人に仕立てようとした最初の作品とも言えそうだ」

「相変わらず、穿《うが》ったものの見方をなさるのね」

「穿った？　美的領域における真実、と言ってもらおうか」

黒猫はそれから時計を見た。時間が来たようだ。

「講義に行かなければ」

「結局、謎については何も解決してもらっていませんわ。それに、あなたはもう今日の講義を終えていらっしゃるはずよ」

黒猫はこちらを不審げに眺めた。

「さっき調べましたの。デート？」

「君に答える気はないよ。何にせよ、僕に言えるのは、あのポオのテクストの語り手みたいな形で君の事件に関わりたくない、ということでね」

「……どういう意味？」

「自分の胸に聞けよ。そして何度でも言う。僕を巻き込むな。君はもう自分の答えを悟っているはずだろ？」

そう言い残すと、彼は立ち上がり、支払いを済ませて行ってしまった。

最後に見た瞳は、なぜか慈愛に満ちて優しい気がした。

黒猫の残していったパフェが、崩れていく。

まるでミナモのなかのさまざまなこだわりが氷解していくように。

9

黒猫はポオのテクストを視点の問題から新たに捉え直し、真犯人を再考してみせた。その解体はあまりに幻惑的で、酔いが早く回りそうになる。

黒猫は新たに運ばれてきたジン・フィズに口をつけたところだ。こちらはついつい目を惹かれて頼んでしまったホッピーを、自分のさじ加減で調節する。ビールよりも頭に直接衝撃がくる。冷えている間はビールのほうが美味しいけれど、常温ならホッピーに軍配が上がるかも知れない。

「それで、今の解体が、ミナモの話にどう関係してくるの？」

黒猫はレモンをもう一度搾ってジン・フィズに振りかける。

「ポオのテクストでは、語り手の存在理由を理解することで初めて我々はイルデーレの構造に気づくことができる。同様に、ミナモの語りのなかにイルデーレが存在するとしたらどうだろう？」

「どういうこと？」

「たとえば、鈴木君なんてこの世にいないとしたら？」

「いない……？」

それではただのデタラメになってしまうではないか。いくらミナモでも、そんな滅茶苦茶を言うはずがない。ところが、黒猫はそのまま話を続けた。

「鈴木君がこの世に存在しないなら、人形を奪ったのは鈴木君ではありえない。では誰なのか」

なぞなぞの奥底へ。黒猫は井戸にゆっくり釣瓶《つるべ》を下ろすように、慎重に思考を深めていく。

「まさか——羽瀬川さん自身なの？」

黒猫は静かに首を横に振る。

「さっきも言ったように、羽瀬川氏の芸術観はこの謎に関わっている。羽瀬川氏にとって球体関節人形とは、現実の体制に異を唱えるためのアヴァンギャルドな〈言語〉だ。つまり、システムに風穴を開けるために、彼は人形を使う。〈人形しか愛せない〉という彼のストイックな愛が、そのまま芸術へと昇華している。ところが、人形しか愛せなかった男が、もしもミナモを愛し始めたらどうだろう？　彼はミナモを愛したことに罪悪感を抱いていたのではないだろうか」

「罪悪感を？」

「人形以外への愛情は不純なものだからね。そこで羽瀬川氏はミナモをモデルにしてパーツを作り上げる。現実を虚構化することで親和性を持たせようとしたのさ」

「そのために、人形を……？」

尋ねようとするこちらを手で制し、黒猫は焼鳥をくわえた。

串から肉を一つ抜き取って頬張る。

「ところが、ここに問題が生じる。人形消失事件だ。せっかく、不純な愛を純愛へと変換しようとしていたのに、そのために不可欠な人形が奪われてしまった。しかし、羽瀬川氏は奪われたことをいつまでも悔やんでいるわけにもいかない。もう一度ミナモをモデルとした人形を作ろうと考える。ところが、三日前に業者の都合で材料が届かない、と言われていたことを思い出す。苦肉の策で、羽瀬川氏は身近にある既成自作を解体してミナモに擬せられた人形を作ることにする。これが、謎の裏での羽瀬川氏の動きだとしよう。このように考えた場合、犯人は誰で、鈴木君とは何だったのか——もう君にはわかっているようだね？」

コクン、と頷いた。わかった。ただ一つわからないのは動機だ。

「ミナモ人形を盗んだのはミナモ自身。そして、鈴木君は――」

「鈴木君は？」

黒猫の笑みを見るうち、確信がもてた。

「鈴木君は人形なのね？　ミナモは、その点をわざとはぐらかして黒猫に話した」

「そのとおり」

身体じゅうに寒気が走る。飲み過ぎたわけでもないのに。

「わからないわ。どうしてミナモはそんなことを？」

「学生時代と同じさ。彼女はまた、僕を振り向かせようというただ一点の行動原理で動いていたんだよ」

驚いた。長い年月をものともせずに、ミナモは今なお黒猫に思いを寄せていたのか。

「ミナモは僕の気を引こうと、鈴木君が実在する人間であるかのように話し、僕の反応を見ていた。ただし、彼女はミスをしでかしていた。僕に話すときに『鈴木君はなぜなくなったのかしら』と言った。よくよく聞いてみると、ミナモらしくない。彼女なら『亡くなられた』と言うはずだ。それに、僕が他殺を疑ったとき、馬鹿なことを言うなと遮った。人形を奪って逃げた可能性のある鈴木君が〈なくなった〉と語りながら、他殺の可能性を疑った僕をそんなふうにいなすのはいささか不自然だ。となれば、可能性は一つ。〈なくなった〉という言葉に、こちらが自動的に〈亡〉という漢字を当ててしまったんだ」

「それじゃあ……」

「この場合の〈なくなる〉は、普通、モノに対して使われる。つまり、彼女は無意識のうちに鈴木君がモノであることをバラしてしまっていたんだ。鈴木君は、羽瀬川氏が作ったドール。だから人形消失騒動でミナモと羽瀬川氏が話している間も、ずっとアトリエにいたんだ。そして、鈴木君が〈なくなった〉理由は、解体されて新たな人形の材料となったからさ」

　羽瀬川氏は人形の消失後、一心に作業を進めていたとミナモは語ったらしい。その時、羽瀬川氏は鈴木君を材料に変えようとしていたのだろう。

「ドールに人格を認める羽瀬川氏は本気で鈴木君を疑ったのだろう。恐らく、それ以前にミナモが鈴木君に触れたことへの嫉妬が、人形の消失事件によって憎しみに変わり、鈴木君は殺された。つまり、鈴木君の形態が損なわれ、人形としての尊厳が奪われ、〈材料〉となった。鈴木君ではなく単なる材料と見做《みな》すようになった羽瀬川氏にとって、それまでの鈴木君はまさに人間が死ぬ意味での〈亡くなった〉だったのだろう。

　しかし、ミナモにとっては鈴木君であれ材料であれどちらもモノだから、モノが〈なくなった〉という意味で使っている。そして、鈴木君は表面の紙粘土を溶かされ、ミナモ人形へと改造される」

そこまで聞いて、疑問が浮かんできた。

「でもやっぱり変よ。いくら黒猫の気を引こうとしたとはいえ、奇妙ななぞなぞを作り出すためだけに、彼女は危険を冒して自身の人形を盗みだしたの？　何だか腑に落ちない」

黒猫はジン・フィズを飲み干すと、財布から一枚の伝票を取り出した。

「今朝、僕のもとに届いた宅配便。封も切らずに送り返したけどね。きっと中身は、ミナモ人形だったに違いない。彼女はまた人を秤《はかり》にかけたのさ。僕と、それから羽瀬川氏をね」

「黒猫と羽瀬川さんを？」

「僕にいまも未練を残していることを示しつつ、愛を肯定するために作っていた人形を奪われた羽瀬川氏が、ミナモへの想いをどんな形で貫くかを試していたんだ」

「……相変わらずだったのね」

その秤は、少なくとも黒猫をここへ帰してくれたようだ。

「でも今回の秤は、結果としては彼女に悪くは働かなかったかも知れない。遅まきながら今日、気づくことができたはずだからね」

「何に気づいたの……？」

黒猫はふと表情を緩めた。疲れたようにも、ホッとしているようにも見える柔らかな顔つきだった。

ホッピーを大きくひと口飲んだら、空になってしまった。

夜は更けていく。戸影の寝息とともに。

10

黒猫と別れてミナモが帰宅したのは、夕方の六時だった。

アトリエのドアが、わずか数ミリ開いていた。ふだんは五時を過ぎると自宅へ帰っていることが多いのに、どうしたのだろう？　そこから、微かな声が聞こえてきた。

「君が好きだ。でも、君によく似た人間を好きになってしまった」

「ひどいわ」

答えたのは、か細い女の声だった。

「でも、もう決めてしまったんだ」

少しだけ声を落として稗流は言った。

「嘘よ。あなたは私たちしか愛せないはずじゃない？」

「……僕はいけない男だ。いずれ、彼女のために四六時中尽くすようになる自分が見える気がする。きっと僕は彼女に支配されてしまうだろう」

「本当にごめん。でもこれは革命なんだよ、僕なりの。人間を愛した後で、僕が紡ぎ出す新たな人形の世界に興味があるんだ。その時には、僕がいま彼女に見出した魅力のすべてを君たちにあげられるかも知れないんだからね」

「がっかりよ」

それ以上は聞きたくなかった。ドアを閉じ、外に出た。

夜の空気はまだ微かに冷たい。大きく息を吸い、ゆっくり吐きだした。稗流が時折人形になりきって喋る癖があるのは、初めて個展を訪れたときから知っていた。彼にとってそれは自然な行為であるようだった。

「忘れましょう」

ミナモはにっこり微笑んでそう小さな声で言ってみた。

目の前で起こった出来事をなかったことにしてしまえるのは、自分のいいところ。不都合な真実は見なかったことにすればいい。

思えば、子どもの頃から親が誰かと口論をするのを見ずに育ったせいなのかも知れない。醜いことは、たとえ目の前にあったとしても、ないふりをしておく必要がある。母は、言葉ではなく、態度でそう教えてくれた。

どんな理屈をこねてもいい。稗流が自分を愛していることに違いはないのだから。初めての愛に素直になるのを恐れ、自己認識におけるささやかな〈革命〉を言い訳にしているに過ぎない。

かつて、ヒトラー支配下のドイツで、ハンス・ベルメールがしたのとは比べるべくもないほどの小さな反逆だわ。

「ふふ、かわいい」

こっちが気づいていないふりをしてあげればいいだけの話じゃないの。それだけで、何もかも元どおり。どれだけ彼がこちらを欺いた気になっても、その裏切りにまったく無関心であれば、イリュージョンの効力は保たれる。

ミナモは、きっちり一時間をつぶした後、何気ない足取りでアトリエに向かい、ドアをノックした。「どうぞ」とすぐに返事があった。

ドアを開くと、稗流は作業に熱中しているところだった。

「どうしたんだい？」

彼は手を休めず尋ねた。

「今夜はとても夜風が気持ちよかったから、散歩しながら帰ってきましたのよ。ねえ、稗流？」

「何だい？」

「私の――恋人になってくださらない？」

「……そりゃ、いつかは、と思っていたけど……」

稗流は作業の手を止め、落ち着かなさそうに頭を掻いた。

「そうね。でもそのいつかが今であってもいいとは思わなくって？」

決意を口にできるとしたら、今日だろうと思った。黒猫と会い、自分の中に未練がないことを確認できた。今なら、この芸術家を圧倒的な母性で包むことができる気がしていた。

自分が誰を愛しているのか。

私は——。

「心配なさらないで。私はあなたが大事にしている子たちを、すべてまるごと愛していますわ」

その言葉で——稗流のなかの何かが崩壊していくのがわかった。

ミナモは優しく彼を抱きしめた。

自分の過去のすべてが間違っていたとしても、彼のこれまでがどれほど孤独なものだったとしても、それらが嘘なわけではなくて、ただすべてを受け止めるこれからがあるだけなのだ。

まばゆい幻影が、いま、二人を包み始めたのを、ミナモはたしかに感じることができた。

11

「そろそろ二軒目、行く？」

「……そうだね、うん」

最後の一杯、まったりとした飲み心地の〈金鷹〉を飲み干した。

ふと前を見ると――黒猫がこちらをじっと見つめていた。

「ミナモ、まだ黒猫のこと好きだったんだね……」

「そんなわけないじゃないか」

「え？」

先ほどはミナモが黒猫を振り向かせようというただ一点の行動原理で動いていたと言っておきながら、驚きの方向転換である。

「彼女にとって僕は、〈自分の支配下に置くことができなかった男〉という一種の記号みたいなものさ。彼女は僕に人形を送りつけることで過去の忌まわしい記憶を反故《ほご》にしたかっただけだ」

「そんなの、馬鹿げているわ」

そう、馬鹿げている、と黒猫は頷く。

「そして君は知っているはずだよ。ミナモがそういう女だってことをね。僕はもう一度彼女に言った。巻き込むな、とね」

それから黒猫も同じく〈金鷹〉を飲み干した。

「考えてみれば、今回の一件もまたイリュージョンに満ちていた。人形の消失という第一のイリュージョンがあり、鈴木君の死という第二のイリュージョンがあり、《ニーベルングの指環》のごとき連鎖のイリュージョンがあった。すべてを仕組んだのは――ワーグナーをこよなく愛する若き独裁者」

ミナモ――学生時代に一人の男子学生を破滅へと追いやった若き独裁者は、今なお健在。

「けれど、独裁者だって、愛に目覚めるときはある」

「そうね。そう言えば、イリュージョンの連鎖って、ワーグナーの無限旋律みたいね」

「いいことを言う。間断なく刻々と変化しながら推移する旋律。もしもミナモの仕掛けた枰が無限旋律ならば、これから始まる二人の愛のしらべもまた終わりなく続くことだろう」

目を閉じる。

今夜、きっとどこかでミナモは羽瀬川稗流とともに過ごしているだろう。その時間が、彼女のこれまでの人生にはないほど穏やかで温かなものであることを願わずにはいられなかった。

それから一時間ほど飲んだ後、店を出て、やってきたタクシーに戸影を乗せて帰した。

二人きりになった。帰国以来、二度目の二人きり。

「もう少し飲んでから帰ろう」

黒猫が手を伸ばし、こちらの腕を摑む。頷いて、その腕の力に身を任せた。

「ところで黒猫、気づいてた？」

「何に？」

「焼鳥屋に入るまで、お口がいつもよりちょっと赤かったようですねぇ……」

ミナモは時に強引な手段に出ることがある。わざと色移りしやすい安物の口紅をつけて証《しる》しを残すくらいのことは、してもおかしくはない。

すると、黒猫が言う。

「リモーニアの夜に洗い忘れたせいかな？」

思わぬ返しに、こちらの頬がかっと熱くなる。

黒猫と目が合い、微笑みをかわす。離れ離れだった二年間に比べれば、信じられないほどに近い距離。

けれど──まだ遠い。むしろその距離は近づくほどに無限に引き延ばされているような気すらした。

そのとき、鞄から何かが落下した。鍵だった。

拾おうとしたが、黒猫に先を越され、手が触れ合った。冷たい感触。微かに触れただけで、身体じゅうが熱く火照《ほて》った。すぐに手を離す。

「鍵を落としたら大変だ」

「そうね、帰れなくなっちゃう」

頭の中から思考を追い払う。黒猫は再び歩き出す。

「S公園の前にいい店ができたらしいんだ。そこで乾杯し直そう」

「乾杯を？」

「そう。独裁者に、幸福の幻影が続くように」

「……うん」

そして思い描く。ミナモの朗らかな笑顔を。他人の心の傷一つ見えないほど無神経でありながら、その笑顔はどこまでも無垢だ。

願わくば、その笑顔が一生涯絶えぬように。

幻影よ、永遠に。

その祈りが、いつの間にかミナモへの祈りから、自分たちへの祈りへすり替わったのに気づかぬふりをして、黒猫の後を追った。

たとえ幻影でも、この瞬間がどうかこの先も続くように。

第三話

戯曲のない夜の表現技法

■ハンス・プファアルの無類の冒険

The Unparalleled Adventure of One Hans Pfaall, 1835

某月某日、ロッテルダム市は哲学的興奮状態に陥っていた。汚れた新聞紙で作り上げられた気球が上空に突然現れたからだ。気球に乗った男は、市長の足許に大きな手紙を落とし、すぐに飛び去っていった。

手紙の内容は、以下のようなものだった。

――ハンス・プファアル氏はかつてロッテルダム市で鞴直《ふいご》しとして生計を立てていた。だが急進主義の影響により職を失い、困窮するようになった。どうやって自殺しようかということばかり考えていたある日、氏は書店で『純正天文学』という本と出会う。そこに書かれた理論に深く感銘を受けた氏は、できる限りの借金をして、ある計画のために行動を始めた。すなわち、気球を作って別世界へ行こうというのだ。

似非科学がちりばめられた、SF的な作品。

1

会場のざわめきは音楽に似ている。

あるいは、川のせせらぎ。とりわけそれが、ここにいないたった一人の人物の話題に限られているときは、主題があるがゆえにいっそう音楽的な様相を呈する。

だが、こちらの心はそんな雰囲気に身を委ねきれずにいた。黒猫がさる出版社から監修を依頼された『現代美学の断片思想』の一章分の論文を割り振られ、昨夜書き上げたもののまだ自信を持てずにいたのだ。

自分の論文に、商業ベースに乗せられるだけの価値があるのか。原稿を見直すたびに粗が目立ち、思考を文字で表現することの難しさに頭を抱えた。不安が募っていたところを、「今夜の会へぜひ黒猫と一緒に」と、唐草教授に誘われたのだった。過剰に肩に力が入っているこちらの心理を見越しての気遣いだったのかも知れない。

今宵、御茶ノ水駅にほど近い現代芸術センターの地下三階にある小劇場〈テアトリズム〉に集ったのは、劇作家・鞍坂岳《くらさかがく》を悼む人々だった。正式な葬儀は、親族のみで先週のうちに済んでおり、今日は生前縁のあった演劇関係者たちによる、鞍坂を偲ぶ会である。

黒猫も自分も鞍坂とは面識がなかったが、唐草教授は気にしなくていい、と言った。

――特別な夜だ。賑やかしは多いほうがいい。

壁際の椅子に腰を下ろしている黒猫は、そんな人々の様子をじっと眺めながら、赤ワインの入ったグラスを揺らしている。こちらが黒猫からの身に余る依頼のせいで、食べ物もろくに喉を通らないことなど知りもしないで。

「何を考えているの？　黒猫」

「人の死は幻想的なものだな、と思ってね」

「不謹慎よ」

「そう。不謹慎なことを考えていたのさ。君が何を考えているのか尋ねさえしなければ、こんなことは口に出さなかっただろうね」

「あ、人のせい……」

それから黒猫はちらっとこちらに視線をよこす。

「不謹慎ついでに言っておくと、君の喪服姿もなかなか幻想的だ」

その言葉に、胸の動悸が激しくなる。ミナモの一件以来、研究室でしか顔を合わせることがなかった。思考を文字で表現するのも難しいが、黒猫とただ普通に会話をかわすだけのことが、今ではもっと難しくなっていた。黒猫の帰国から四ヵ月近くが経とうとしているのに、まだ心は空回りしっ放しなのだ。いや、むしろひどくなっている。

「いい意味で？」

「ご自由に」黒猫は無愛想に答える。まるで猫のように突然興味をなくしたみたいになる。

「話を戻すと、僕が幻想的だと感じたのは、こうして鞍坂氏の話をしている人ばかりがいるなかで、鞍坂氏ただ一人が不在というのが、何かしらロッテルダム市の哲学的興奮を匂わせると思ったからさ」

ロッテルダム市の哲学的興奮——。その単語が、こちらのために挟み込まれたものであることにはすぐに気づいた。

「『ハンス・プファアルの無類の冒険』ね」

かのエドガー・アラン・ポオの短篇小説である。

「ハンス・プファアルは〈私はこの世を去って、しかも生きる〉と手紙に記す。人と人の本当の絆は死なないとわからない、という意味では本質を衝いた言葉だ」

実際の物語は多額の借金を抱え、度重なる不幸を背負ったハンス・プファアルが、「科学的」なやり方で気球に乗って月へと飛び立ち、ことの顛末を月の世界の住人をよこして手紙で知らせるというものだ。物語は、気球でいかに地球を飛び立ち月へ至ったのか、その経緯が彼の手紙によって語られるパートが大半を占める、いわゆる元祖SF小説といった趣の作品だ。

その「科学的」とされる方法は、ポオの生きていた当時では考え抜かれたものであったにせよ、現在では荒唐無稽な印象は否めない。

「だが、じつはあれは〈表現〉に関するテクストでもあるんだよ」

「〈表現〉？」

その言葉に反応してしまったのは、商業用の文を書くという初めての経験をいま自分が味わっているからかも知れない。あるいは、単に日頃の心情を黒猫に表現できない自分に苛立っているからか。

こんな場であるにも拘わらずいつもの美学談義に興じそうになっていると、今夜のホスト、唐草教授がこちらにやってきた。

「やあ、よく来てくれたね」

「お招きいただきありがとうございます」

唐草教授はこちらのグラスにワインを注ぎ足しつつ、黒猫に「よろしく頼むよ」と言った。黒猫はそれに小さく頷いた。

鞍坂岳と唐草教授は学生時代からの親友で、会場に選ばれたこの〈テアトリズム〉は、鞍坂が最後に脚本演出を担当していた劇団・螺《ら》の活動拠点らしい。ふだん使用する客席は外され、代わりに壁際にずらりと折り畳み椅子が配されている。決して広い空間ではない。だが、演劇人を悼むには、最適な場所と言えるのかも知れない。

ステージ上には、肩のあたりまで無造作に髪を伸ばした目の細い紳士の拡大写真が飾られ、その周囲は献花に縁どられている。

場内は、溢れんばかりの人、人、人。黒衣に身を包んだ人々がそこかしこで「くらさかさん」と囁く声や、グラスや食器の擦れ合う音が響く。その一つ一つが、鞍坂に捧げられるレクイエムのようでもあった。中には遺影を抱いて参席している女性の姿も見える。

その様子を、写真の鞍坂がステージから静かに見守っていた。

2

「すごい人徳ですね。これだけの業界関係者が集まるなんて」

鞍坂の作品を知らない自分にとっては、この人の数は驚きだった。すると、唐草教授が答えた。

「キミたちは知らないだろうが、一昔前は傑作を連発していたんだ」

「『蝶と喋る』や『消える夫婦の日』は、いずれも日常に起こる小さな出来事を淡々と、独特の間合いで伝える不条理劇でしたね」

「ほう、黒猫クンはよくそんな古い作品を知っているね」

唐草教授は目を見開くが、黒猫はこともなげにワインを口に運ぶ。

「図書館に行けば視聴できますからね。特にドイツの演劇祭で特別賞を受賞した『いちにちのち』は秀逸でした。〈喜怒哀楽〉の四つの感情を体現するような登場人物たちが対話を繰り広げる。感情と心の問題をあれほど真っ向から取り上げた作品も珍しいでしょう」

唐草教授は、その黒猫の寸評に大きく頷いた。

「感情を全身で表現するのが演劇だが、どこまで全身を使って表現しても、登場人物の心は逃げていく、と以前彼は話していた。登場人物もまた、自らの役割を演じ、心を見せまいとする。だからこそ、劇作家は登場人物の感情の奥に光を当てる方法はないかとあれこれ考える。これが、鞍坂の考える演劇だ」

「鞍坂氏の最盛期だった四十代の頃は、不条理を大衆受けする素材とうまく組み合わせることで、他では味わえない独特の風味をきかせていましたよね」と黒猫が補足する。

「そう――かれこれ二十年以上昔の話だがね。しかし、十五年前のある時期を境に、鞍坂の創作意欲は減退し、ひっそりと引退した。復帰したのは二年前だ。嫌がる彼を説き伏せて、私は自分が顧問を務める劇団・螺の脚本演出を依頼したんだ」

「え！　唐草教授、劇団の顧問までされていたんですか！」

「美学者が現代の芸術全般と関わりをもつのは当然のことだよ」

　唐草教授が多趣味なことは知っていた。大学には彼が顧問を務める茶会もある。だが、劇団までやっていたとは驚きである。

「螺は、幅広い演劇を行なう劇団だ。ギリシアの古典劇から、映像と舞台を織り交ぜた前衛的なものまで上演する。この不景気で劇団も財政事情がかなり厳しくなったところに、役者が根こそぎよそに奪われ、存続は困難を極めていた。この現状を打開したかった主宰者が、私に劇団を立て直してほしいと泣きついてきてね」

　そこで、唐草教授は旧友の鞍坂氏を呼ぼうと即決したのだった。

「彼となら気心が知れている。お互いいい歳だ。ラストフライトを楽しもうと説き伏せたんだ。と言っても、完全なオリジナルを頼んだわけではない。サミュエル・ベケットの『エレウテリア』を脚色してほしいという、一定の集客が見込めるような依頼をした」

「『エレウテリア』ですか。それは楽しそうですね」

　黒猫の目が俄然輝きを放ち始める。『ゴドーを待ちながら』しか知らないこちらは黒猫のテンションの高さの理由がわからず、唐草教授と黒猫の顔を交互に見つめるばかりだ。

「『エレウテリア』と言えば、ベケットが生前には出版も上演も望まなかったといういわくつきの処女戯曲。それを現代演劇の巨匠、鞍坂岳が脚色するとなれば、面白いものになるのは間違いない。なぜ僕にもっと早く教えてくれなかったんですか」

「君はパリにいたからね」

「飛んでいきましたよ」

そんな簡単に飛んでこられるなら、電話で呼びつければよかった、との考えが脳裏をよぎったが、もちろん口には出さなかった。

「まだ読んだことはありませんが、かなり難解な戯曲だと聞いています。鞍坂氏のような方にしかできないかも知れませんね」

「鞍坂も学生時代、ベケットに深く傾倒していたから、演目が『エレウテリア』だと聞いてすぐに同意してくれた。だが、ただでは頷かなかった。彼は条件を出してきた。興行的に成功したら、新作をやらせてほしい、とね」

「ということは、新作の構想があったということですね？」

「そのはずなんだがね……」

唐草教授は目を細め、ステージ上の写真のほうに顔を向けた。

そのとき――黒のワンピースを着た女性がこちらを見ていることに気づいた。黒目がちの目を潤ませ、口を不満げに尖らせている。

「嘘だったんですよ、きっと」

今にも泣き出しそうな彼女の言葉は、我々に向けられていた。

3

「私は騙されたんです」

彼女は悔しさを押し殺すようにして言った。彼女の声に驚いて、周囲の人々がざわつき始めた。

「失礼ですが、あなたは……」

正体を探ろうとしていると、唐草教授が彼女に話しかけた。

「今利《いまり》クン、大丈夫かな？　あまり飲み過ぎないほうがいい」

「放っておいてください。私の勝手です！」

「……今日は鞍坂を偲ぶ会だ。周囲への配慮を忘れてはいけないよ」それから唐草教授は彼女を紹介した。「彼女は今利麻衣《まい》クン。劇団・螺の専属女優だ」

麻衣は俯《うつむ》き気味に会釈をし、こう続けた。

「鞍坂さんは、私に新作で主演をやらせてくれるって言ったんです。私が辞めようとすると、いつも『あとちょっとです』と言うばっかり。結局、何もやってなかったんですよ」

「裏切る気持ちはなかったんじゃないでしょうか？」差し出がましいと思いつつも口を出してしまった。「寿命は時を選んではくれません。だからその前に亡くなられてしまっただけで、どこかにきっと……」

「いいえ。亡くなった後、唐草さんにご自宅を探していただいたんです。でも、それらしい原稿はどこにも……。そうですよね？」

話を振られた唐草教授は、弱ったといった感じで頭を掻いた。

「ご遺族の許しを得て、書斎から何から隈なく私が探させてもらった。しかし、残念なことに彼が君に話していたような戯曲はどこにも存在しなかったよ」

喧騒が遠のいていた。どうやら、周囲の人々も異変に気づき、麻衣の話に聴き耳を立てているようだ。

「どこか自宅以外の場所に保管している可能性はないのでしょうか？　たとえば——この劇場とか」

あるはずの原稿がない——そういうちょっとした謎が何よりの好物であるこちらは、さっきまで論文のことで不安に駆られて固まっていたのが嘘のように、舌が滑らかに動き出す。

「劇場にあった鞍坂さんの私物は、亡くなった時から誰も動かしていませんから、片っ端から探しました。でもないんです」

その様子を見ていた唐草教授が首を横に振った。

「今利クン、こんなことを言っても、今の君は信じないかも知れないが、あの男は嘘をつくようなタイプではない。仮に原稿がないとしても、彼の気持ちに嘘はなかったはずだよ」

「もういいんです。私の夢は終わったんです」

彼女は円卓にあったグラスに自らワインを注ぎ、飲み干した。

「……麻衣さん、あなたはいつからこの劇団に？」

「二年前にスカウトされたんです。鞍坂さんに。それまでは駅の売店の売り子でした」

なぜ鞍坂は彼女に声をかけたのだろう？　たしかに雰囲気のある女性だが、突出した美人かと言われれば、そこまでではないようにも思われた。鞍坂と彼女の関係に興味が湧いた。

「もし差し支えないようでしたら、これまでのいきさつを聞かせていただけませんか？　できれば、鞍坂さんとの出会いから」

「やれやれ。君の謎センサーが動き出してしまったようだな」

黒猫はお手上げのポーズを取りつつ、「が、僕も興味がある。麻衣さん、あなたの物語を聞かせてください」

黒猫の眼差しに、麻衣は頰をそっと赤らめつつ、小さく頷いた。

「わかりました。あれは今日みたいに溶けそうに暑い夏でした」

今利麻衣は、その日を思い描こうとして目を細めた。

4

つまらないつまらないつまらない。

今利麻衣が駅の売店でバイトを始めて、まる三年が経とうとしていた。搬入、注文、仕入れ、棚だし、来る客を坦々と捌いていく日々。

最低限の愛想の良さと、機敏で正確な動き。何もしなくても時間をつぶせる想像力がちょっとあれば務まる仕事。あとはとにかく体力勝負。売店の面積は一坪ほどで、猛暑の日には空気が籠もって気を失いそうな蒸し暑さになるからだ。

この仕事を長く続けるつもりは、麻衣にはなかった。けれど、ほかに何がしたいというわけでもない。ただ漠然と、ここではないどこかに行きたかった。自分はもっと違う何かなのではと考えながら。

違う自分を空想するのは好きだ。ドラマで刑事ものを見て刑事の自分を思い描いたり、キャビンアテンダントに憧れたり……。でも、その仕事を現実的かつ具体的に想像すると、冷めてしまう。どれもかっこいい仕事だが、一生続けたいとは思わない。

この日も、他の何かになりたくて仕方がない気分だった。自分以外なら何でもよかった。自分自身から逃げ出したかった。

レモン味のグミと油取り紙、ウェットティッシュを求めて初老の男性が現れたのは、鬱々とした気分がピークに達した午後だった。

無造作に伸びた髪と丸いサングラスは、どこかジョン・レノンを思わせる。だが、ややふっくらした体型は、写真だけの記憶になりつつある、幼い頃死に別れた父に似ていた。

麻衣はレジを打ちながら客に話しかけてしまった。

「お客さん、ガムもいかがですか？」

客はなぜそんなことを聞くのかと問いたげな顔をしていた。

「お昼、餃子を召し上がりませんでした？　そのまま電車に乗るのはキツいですよ」

ニンニクの匂いから推理して、麻衣はそう言った。

「ああ……そうか……。では、その歯ブラシをください」

「え……。歯ブラシ、買うんですか？　そこまでしなくても」

「ガムは好きじゃないんですよ」

グミが食べられるならガムだって同じだろう、と思ったけれど、麻衣は黙って歯ブラシを渡した。

「ありがとうございました。お気をつけて」

いつもの決まり文句で送り出す。が、そんな当たり前の言葉に、客はわざわざ一度サングラスを外し、細い目でしっかりと麻衣の目を見つめてからお辞儀をした。麻衣もそれに応えて深く頭を下げた。

客は背を向けて歩き出したが、しばらくして足を止め、引き返してきた。

「演劇に興味はありませんか？」

「はい？」

こんな年齢になっても若い娘をデートに誘いたいのか、と考えた。だが、そうではなかった。

「あの、観るほうじゃなくて、やるほう」

「演劇を……やる……私がですか？」

返事に困っていると、彼は名刺をお釣り入れに置いた。

「劇団・螺で劇作家をしている鞍坂と申します。もしよかったら、今度、話だけでも聞きにきてください。あなたは、面白いです」

5

その日一日、仕事の合間にも鞍坂の言葉を考えた。

——演劇に興味はありませんか？

演劇に興味はない。というか、そもそも舞台というものをほとんど見たことがない。だが、何かを演じることには興味があった。空想のなかで麻衣はさまざまな人を演じてきたし、ときには一日猫になった気分で実家の猫に接したりもしてきた。

——あなたは、面白いです。

面白い人間はこんなに毎日つまらないと連呼するものだろうか。自分が面白い自信はまったくなかった。けれど、少なくとも鞍坂という男には、どこか信用できる雰囲気があった。お辞儀の仕方かな。それもある。歯ブラシを買ったから？　そうかも知れない。愚直な仕草にも好感がもてた。

翌日、仕事が休みだったので、麻衣は朝起きると身支度をして、指定された御茶ノ水のビルへ向かった。〈テアトリズム〉は地下の奥深くにあった。麻衣はノックしてゆっくりドアを開けた。〈稽古室〉と書かれた狭い一室に鞍坂がたった一人で待っていた。長机と椅子が三つ。あとは書棚が一つ。演劇関連の本が置かれているらしい。

「あの……私、昨日売店で……」

「お待ちしていましたよ」

鞍坂は穏やかな目で麻衣を見つめた。恐ろしく静かな空間だった。窓一つなく、話す声がすべて静寂に飲み込まれていくようだ。

「お芝居にご興味はおありですか？」

「はい、何も経験はないのですが……」

「経験は要りません。ただ、与えられた役になるだけです。自分以外の何かになりたいと思ったことがありますか？」

「思ったから、ここにいるんだと思います」

すると鞍坂は、細い目をいっそう細めた。

「では、約束しましょう。あなたは二年後に主役を演じることになります。私は今日からそのための準備を始めます。しかし、ことは簡単ではありません。二年の間、地味な公演に脇役で参加してもらいます。それと——現在のバイトを辞めていただきたいのです」

「どうしてですか？」

「稽古がありますから、シフトの調節が自在でないと困るのです」

「そんなバイトはどこにも……」

「あります。所無駅《ところなし》前でキャンディの量り売りをやっていただきます。私の古い知り合いが経営している店で、勤務形態は売り子に委ねられています。あるのは週ごとのノルマだけ。それが、この劇団で俳優をしてもらうことの条件になります」

「あの……ほかの団員さんはどうされてるんですか？」

麻衣はがらんとした稽古室を見回した。どう見ても、このなかにほかの団員が隠れているとは思えなかった。

「団員は現在あなただけです。先月かぎりでほかの劇団に引き抜かれてしまいました。私もつい二週間前にやってきたのです。つぶれかけているところを顧問に泣きつかれまして、断れなかったのです」

「団員は私一人なんですか？　じゃあ、公演はどうやって……」

「当面の間は、外部から俳優を集めることになります。大きな劇団になると、たまたま役を割り振られずに仕事に空きが出てしまったいい役者が必ずいるものです」

鞍坂は麻衣に『エレウテリア』と印字された台本を渡した。

「君の役はスカンク嬢。クラップ家の一人息子ヴィクトールの婚約者です。台詞は多くありませんが、重要な役どころです。稽古は来月から。新しいバイトも同日スタートとしましょう」

「わかりました。来月、伺います」

「売り子は午前十時から。稽古は午後四時からです。遅れないように」

こうして、麻衣の新しい日常の扉が、開かれた。

6

翌月から、劇団員としての日々が始まった。そして新しいバイトも。客が籠《かご》に詰めたキャンディを秤《はかり》で量って、グラム単位で定められている金額で販売する。これまでの仕事よりも簡素化された分、少し楽になった。そして午後三時になると地下鉄を乗り継ぎ〈テアトリズム〉へ向かった。

与えられたスカンク嬢という役は、鞍坂が事前に言っていたとおり、台詞も少なかった。味気ない役どころに思えたけれど、まだ無名とはいえ自分は女優なのだと考えると楽しくもなった。

しかし最初の興奮は、少しずつ冷めていった。何より、与えられた台本がよくわからなかった。

物語の主人公はクラップ家の一人息子ヴィクトール。作家である彼は、家族のもとを離れて下宿屋で引きこもった暮らしを送っている。彼を外の世界に引っ張り出そうと、そこにさまざまな人々が干渉する。父が亡くなったのを契機に干渉はいや増すが、ヴィクトールは「自由」という財産を守るべく、それらを拒絶する。

彼に干渉する者として観客までもが劇中に登場する、かなり前衛的な構成だ。物語はほぼ進展せず、ヴィクトールは下宿屋から出ていかないまま幕になる。

全体に筋らしい筋のない不可解な内容だった。自分の演じるスカンク嬢の役割も。それを尋ねると、鞍坂は、「まずは自分で考えてごらん」とにこやかに言うだけだった。

演技にまったく嬉しさが伴わなかった。外部からやってくる俳優陣も地味な人が多かった。俳優とはもっとカリスマ性に溢れているものだと思っていたのに。

ただ、彼らは鞍坂の要求には的確に応えられている。と思うのは、鞍坂が彼らの演技には満面の笑みを浮かべているからだ。ところが、自分が演技をすると、鞍坂の表情は途端に曇り始める。

二週間が過ぎた頃には、演じることが苦痛でしかなくなっていた。

はじめは違った。鞍坂が微笑んでくれると、それだけで嬉しい気分になったのに、徐々に鞍坂が顔をしかめる瞬間が怖くなった。求められるような演技ができていない焦りも出た。

家に帰るとよく、初めて鞍坂に声をかけられた時のことを振り返った。あの瞬間、新しい扉が開かれた気がした。同時に、どこか実直そうな人柄の鞍坂にべつの感情も抱いていたのだ。

麻衣にとって鞍坂は、単なる師匠と割り切れる存在ではなかった。それだけに、演技の要求に応えられないのが苦しかった。

翌日もまた同じことの繰り返し。単調なバイトを終え、稽古に向かう。だが、演じようとすると、身体が硬くなり、うまく動かなくなる。鞍坂の表情が曇っていく。まただ。私の演技のせいだ。何がいけないいんだろう。

やがて、鞍坂は稽古を中断させると、麻衣を椅子に座るよう促し、スポーツドリンクを手渡した。

「下手ですみません」先に謝った。

「たしかに、下手ですね。思いのほか、下手です」

「……そこまで言われると、傷つきます」

鞍坂はしまった、という表情になった。その顔がおかしくてクスッと笑った。

「嘘です。でも、本当にどうしたらいいかわからないんです」

「あなたはまだ演じようとしていますね」

「だって演技ですから……」

「そうですね。でも違うのです」

鞍坂はしばらくじっと考えた後に尋ねた。

「この役を、あなたは端役《はやく》だと思いますか?」

思わぬ質問だった。役が不満かと暗に尋ねられたようにも思えた。慎重に答えねば。

「……台本を読んだ印象では、少なくとも主役ではありません」

「なるほど。つまり、君は全体のなかでこの役がどういうポジションにいるのかを客観的に考えたわけですね。とても大事な考え方です。ディドロ的と言いますかね。賢者の演劇理論です」

当たり前のことを褒められて、何だかくすぐったい気分になる。

「しかし――もう一つ忘れてはならないことがあります。スカンク嬢は、物語のなかの位置づけなど知らないだろう、ということです」

考えてもみなかった。たしかに、スカンク嬢自身は物語がどう進むかなど知らないのだ。知らないなりに、彼女は世界を眺めている。

「君は、全体を見渡してこの人物の役割を考えながら演じていたのでしょう。それでは生き生きとした人物にもなりませんね。ただ、難しいのはこれがベケットの演劇だということです」

「台本を読んでも、よく意味がわかりませんでした」

「そういうことです。難解なんです。でも、この世界を見回してみてください。じつは、意味って、わかるもののほうが少ないと思いませんか？　たとえば、電線には電気を各建物に運ぶという意味がありますが、我々は歩いているときにはそんなことは意識しません。空を見上げるときや写真を撮るときには、むしろ邪魔です。また、行為にも意味のないものがたぶんに含まれています」

「行為……ですか？」

「金がないと嘆きながら、食料や必需品以外の買い物をするような行為です。金がないなら金を使わないことがベストなのに、ショッピングの欲求を持ち合わせる。内面にこうした矛盾が生じるのが人間です。つまり――意味を考えるのは無意味です。君の演じるスカンク嬢もまた、この物語の意味はわかっていません。あなたとスカンク嬢はその点で同じ側にいるのです」

少しだけ、鞍坂の言わんとしていることがわかったような気がした。この台本の中では、誰もがただヴィクトールを外の世界に連れ出そうと働きかけるだけなのだ。

すると、鞍坂は書棚から本を二冊取り出した。

「この二冊を君に貸しましょう。難しい本ですが、必ず君の理解を深めてくれるはずです」

ディドロの『逆説・俳優について』とスタニスラフスキィの『俳優と劇場の倫理』。どちらもかなり年季の入った本だった。

「ディドロは十八世紀の批評家です。スタニスラフスキィは十九世紀の俳優で演出家。両者は真逆の考え方を持っています。これを読み終えれば、君にも演技とは何かが見えてくるかも知れませんね。私は君に期待しています。迷惑でしょうが、期待しているのです」

胸が熱くなった。鞍坂と向かい合うときに胸から湧き上がるこの感情に、いつか名が与えられ、飛び立つ日がくるのだろうか？

「あの、立ち入ったことをお尋ねしてもいいですか？　鞍坂さんは――ご結婚はされているのでしょうか？」

言ってしまってから、思っていた以上にストレートな問いかけになってしまったことを恥じた。これでは、鞍坂が好きだと告白しているようなものではないか。

鞍坂はしばらくじっと麻衣を見つめた後、静かに答えた。

「しています。二十年前に籍を入れました」

「……そうですか……」

それ以上言葉が出てこなかった。きまりが悪くて、麻衣は逃げ出すみたいに、〈テアトリズム〉を出ていった。

忘れよう。何度も自分にそう言い聞かせた。だが、ぼうっとすると、すぐに鞍坂のことを考えてしまう。鞍坂のとなりに、気のきくさりげない美人を配すると、むず痒い感情が湧いてくる。

遠くのほうで花火の音が聞こえた。自分の心も花火みたいに弾けて消えればいいのに、と思いながら家路を急いだ。

帰宅後、麻衣はすぐにディドロの著作を読み耽《ふけ》った。ディドロは、判断力と洞察力によって演技を行なうのがよいと述べている。鞍坂の弁と合わせて考えるなら、登場人物の状況をよく吟味して演ずる、ということになる。

スタニスラフスキイの著作のほうは、俳優は役に憑依するべきだと主張していた。この二つのベクトルからどんな結論を導き出すのが正解かはわからない。だが、小難しい書物より麻衣の心に迫ったのは鞍坂の、登場人物は物語全体など知らない、という理屈だった。

鞍坂の考えをベースにしつつ、ディドロが言うように冷静に状況を判断してスカンク嬢の心理を読み取り、スタニスラフスキイが言うようにスカンク嬢になりきってみればいいのか。

翌日、それらを詰め込んで芝居を行なうと、いつもより役が馴染んだ気がした。だが、鞍坂は褒めてくれなかった。

「君はまだ理論で演じようとしている。休養が必要ですね。今日から公演三日前まで、稽古には来ずに、日常のなかで演技についてゆっくり考えてごらんなさい」

ショックだった。自分のなかでは前進したつもりでいたからだ。それなりに鞍坂の反応もいいような気がしていたのに。

さらに鞍坂はこう付け加えた。

「かつてフランスの名優シャルル・デュランは言いました。『表現しようとする前に感ずること』と。デュランはそれを〈世界の声〉と表現しています。あなたはまだ〈世界の声〉を聴いていない。まずじっくり聴いてみてください。〈世界の声〉を」

7

目覚めから麻衣の気分は最悪だった。人生がどんどん悪いほうに転がっている気すらした。もう朝の九時。そろそろバイトに行かなければ。支度をして家を出る。昨夜の酒の匂いを微かに漂わせたサラリーマンとすれ違う。

彼はなぜ翌朝まで匂いが残るほど酒を飲んだのだろう。

ずいぶん昔、まだ父が生きていた頃に似た匂いを嗅いだことがある。酒を飲んで帰ってきた父が母と口論になり、一度家を出て明け方に戻ってきたときと同じ匂い。

父はなぜ飲まなければならなかったのだろう？

そんな疑問が頭に浮かんだ。

その日、バイトが終わると、麻衣はコンビニでウィスキーを買って一人で飲んでみた。強い刺激。毛細血管がわっと開くような感覚、続いて頭の芯がぼうっとしてくる。最近の稽古で感じていたプレッシャーが抜けていくのを感じる。ああ、父は何かつらいことを抱えていたのかも……。

何を背負い込んでいたのだろう？

気がつくと、麻衣は実家に電話をかけていた。

〈もしもし？　どうしたん？　こんな時間に〉

母が眠たそうな声で電話に出る。母は今も西のほうで一人暮らしをしている。

「何でもない……何となーく」

〈何かあったん？〉

「お父さんのこと、お酒なんか飲まなければよかったと思う？」

電話の向こうで母は苦笑していた。それから、静かに語る。

〈そうやね。でも生きてると、自分ではどうもならん垢がこびりついてくるものや。お酒もそう。それもひっくるめてお父さんやから〉

つまらぬ雑談をして電話を切ってから、麻衣は泣いた。自分には何かが欠けているとずっと思ってきた。それがいま、少しずつだけれど見え始めている。考えているうちに、麻衣は眠りに落ちていた。

やがて——朝日がカーテンの隙間から、麻衣を優しく起こした。

翌日もバイトだった。微かに痛む頭を抱えながら、麻衣は持ち場へ赴く。こんな時期にはキャンディではなくてアイスクリームでも売るべきだ。ここ数日の売上も大したことはない。

お昼近くになった頃、男の子が向かいのデパートの出入口付近にじっと立っているのに気づいた。キャンディが欲しいらしく人差し指を口にくわえ、こちらを凝視している。隣の母親は携帯電話で話し込んでいて気づいてもいない。

ためしにキャンディを一つ頬張ってみた。案の定、男の子は涎《よだれ》を出さんばかりの面持ちで眺めてくる。麻衣は美味しいとアピールするように、男の子に向かって微笑んでみせた。頬っぺたが落ちそうよ、と。

　やがて母親の電話が終わると、麻衣はすかさず大きな声を出した。

「いらっしゃいませー。奥様、キャンディはいかがですか？」

「けっこうよ。甘いものは与えない方針なの」

　男の子も断念しているようだ。しかし、麻衣は言葉を重ねた。

「これから電車に乗られるんですか？　キャンディがあると、電車の中でお子さんはおとなしくなりますよ」

「そんなはしたない真似……」

　吐き捨てるように言ってから、母親はちらっと息子を見た。そして、彼の視線を確認し、やれやれといった顔で財布を取りだした。

「いくら？」

「百グラム四百円からになります」

　母親は籠にキャンディを無造作に取り、きっちり秤で百グラム分になると代金を支払っていった。男の子は満足げに微笑み、麻衣に手を振りながら去っていく。

　その姿を見送りながら、麻衣は考えた。いま自分は咄嗟の判断で男の子の心理を考え、それから母親の心理を考えた。

〈世界の声〉を聴いたのだ。

その日は、一日それを実践する感覚で接客をこなした。客が来ない間は通り過ぎる人々と接することを考えた。

相手の世界を感じる。すると、それまでより言葉がスムーズに出てくる。こうなると、もう演劇なんか関係なくなってきた。彼女は楽しくなってひたすら接客に取り組んだ。

そうして、いつの間にか三日が経った。三日間の店の一日あたりの平均収益は、それまでの二倍近くになっていた。

8

奇跡は——四日目に起きた。どこかで見た覚えのある、くっきりとした二重瞼が特徴の美青年がキャンディショップに現れたのだ。それとなく観察するうち、誰なのか気づいた。俳優の岸田《きしだ》大志《たいし》だった。

「こんにちは」当たり前だが、テレビで聞いた声そのものだ。

「こ……こんにちは」

岸田の出ているドラマは全部録画するくらい好きなのだ。どうして彼がこんなところにいるのだろう。我が目を疑った。

彼は籠をもつと、無造作にキャンディを入れていく。

「あの……岸田さん、ですよね？」

「そうだよ。岸田大志もキャンディを食べるんだぜ」

いたずらっぽく言って笑うと、白い歯がきらりと輝いた。

「ごめんなさい……そんなつもりじゃ……」

それから彼は麻衣の顔を覗き込む。

「君、かわいいね。女優にでもなればいいのに」

「そんな……私なんて、女優さんに比べれば、ぜんぜん……」

「僕がなんで声かけたかわかる？　店番をしてる君の横顔が魅力的だったからだよ」

きっと今、自分は頬を真っ赤に染めているのに違いない、と思いつつ、麻衣は劇団に所属していることを告白した。

「もうすぐ公演なのに、稽古から外されてるんですけど……」

麻衣は鞍坂とのやりとりをすべて話してしまった。すると、岸田は笑顔になった。

「何も心配することはないいんじゃない？　その人の言うとおり、じっくり〈世界の声〉を聴いてるんだろ？」

そうして二人は十分ほど談笑した。夢のような時間に興奮していた。

別れ際、麻衣は岸田に言った。

「劇団・螺ってご存知ですか？」

「有名じゃないか。僕は昔、出演を断られて悔しい思いをしたよ」

「私、そこに所属しているんです。いつか私が主演を張ったら、観にきてもらえますか？」

「もちろん。その『エレウテリア』の公演も必ず観にいくよ」

麻衣は岸田の言葉を信じ、頑張ろうと思った。まずは目の前の役をこなそう。

家に帰ると、台本を開いた。以前よりも登場人物一人ひとりの裏にある思考が見えやすくなった分、わかりづらくなったところもある。台詞が難解だと思っていたがそうではない。言葉は人なのだ。登場人物が、その内面が難しい。

スカンク嬢の台詞を目で追っていく。もう諳《そら》んじられるが、それでも台詞を目で追うことで見えてくるものがある。スカンク嬢は何を思い、この場所にいるのか。ヴィクトールの実家の小サロンに突如現れた娘。居心地はあまりよくないに違いない。

だが、ヴィクトールの婚約者としての役割のために、彼女はここにいる。そして、恐らくはヴィクトールの父親と危うい関係にある。どっちを好きなの？　そう簡単には割り切れない問題を彼女もまた抱え込んでいる。もともとはヴィクトールが好きだったのだろうが、彼は下宿屋に籠もり、自分と会おうとしない。一方で〈婚約者〉であろうともしている。〈婚約者〉であることから逃れようとしながら、ヴィクトールの父もまた、父であり夫であることから逃れようとしている。さまざまな人の、〈自由《エレウテリア》〉のベクトルが交差する混沌とした空間。戸惑いを抱えながら、平静を装っている。登場人物もまた、役割を演じている。この物語では全員が主人公なのだ。

夢中でスカンク嬢の台詞を繰り返し読むうちに、気がつくと、朝になっていた。夏の青い光が、室内に差し込むとき、麻衣にもようやく眠りが訪れた。

9

「しばらく見ない間に、きれいになりましたね」

鞍坂に言われたのは、公演三日前だった。久々に会った鞍坂は、以前より肌が浅黒くなり、気のせいか窶《やつ》れてもいた。

あれ以来、岸田は何度となく店を訪れてくれた。所無駅の近くで連日撮影が行なわれていたらしい。いずれも他愛ない会話に終わったが、互いの距離が近づいていくのがわかった。そのことが、自分の雰囲気に影響していてもおかしくはないだろう。

「それでは、演技を見せてもらえますか？」

その言葉で、鞍坂は演出家の顔になる。

麻衣は緊張しながら、演技を始めた。第一幕の台詞を読むと、鞍坂がそれに合わせて他の役の台詞を読んでくれる。

二時間に及ぶ長い稽古を終えると、鞍坂は精気を使い果たしたようにしばらく放心した後、拍手をした。

「とてもいい演技でした。上達しましたね」

「ほ、本当ですか？」

「私は嘘はつきませんよ」

鞍坂が微笑むと、麻衣の心のなかに温かな火が灯る。演技を褒められたことはもちろん嬉しかったが、それにも増して久々に長い時間を鞍坂と過ごし、優しさに触れて心が揺れているのだ。

けれど、この男は結婚している。それに、今は岸田にときめくもう一人の自分がいる。『エレウテリア』の登場人物みたいに、どこへも進めない。何より、まだ何者にもなっていない。

「ちょっと出かけましょう。ご褒美です」

鞍坂は麻衣の心中など知りもせずにそう言って立ち上がった。

麻衣には、鞍坂に従う以外に選択肢はなかった。〈テアトリズム〉を出て、地下鉄に乗り込んだ。

　銀座で降り、一軒の高級ブティックに入った。

「君は若いから黒の礼服などは持っていないでしょう」と鞍坂は言った。たしかに麻衣は黒い服はセーターやTシャツの類しか持っていなかった。鞍坂は麻衣に黒のワンピースを薦めた。蝶の刺繍がうっすらとあしらわれた品のいいデザインだった。麻衣がそれを気に入ると、鞍坂は迷わずレジへ向かい支払いを済ませた。

　それから、路面店で口紅を一つ買ってくれた。

「君はとても顔立ちがいいから、口紅一本で化粧をしているように美しく輝くでしょう」

　二人は銀座の街をぶらりと歩いた。空にはすでに星々が煌《きら》めいていた。このままずっとこんな幸せな時間が続けばいいのに、と思った。その時、鞍坂が遠い国のおとぎ話でも聞かせるようにこんなことを言った。

「銀座へ来たのは、結婚十周年記念のとき以来です。あの時、妻にはドレスを買ってやる予定でした。しかし、妻は土壇場で気持ちが変わったらしくて、結局何も買わずに帰ったんですよ。私には女性は難しい生き物に見えます」

「奥様はきっと、鞍坂さんと銀座の街を歩けただけで嬉しかったんじゃないでしょうか？」

「そうでしょうか……私にはわかりませんね。そして、わからないことはなるべく想像しないようになりました」

「寂しくありませんか？」

「寂しくはないです。すぐとなりに好きな人がいるのは、相手の気持ちなどわからなくても素晴らしいことには違いありませんからね」

それほどに愛されている夫人が羨ましかった。この人と自分とは歩いてきた道のりが違い過ぎるのだ。

そして、ふと思った。今日のショッピングは、夫人にプレゼントをしなかった代わりなのだろうか、と。でもその考えは夫人と自分を秤にかけているようで後ろめたくもあった。麻衣は疑念を追い払った。鞍坂も言っていたではないか。これは単なるご褒美。それ以上の意味はないわよ、と自分に言い聞かせた。

次の日、買ってもらった口紅をつけてバイトに行くと、また岸田が来店してくれた。

「何だか、雰囲気変わったね……ていうか、きれいになった」

「……そうですか？」

「明後日だっけ、公演。観にいくよ」

「本当ですか？　ありがとうございます！」

その日の接客は、いつもの倍以上楽しかった。すべてはお客様を喜ばせること。世界を感じること。

そして――公演初日。麻衣はスカンク嬢を演じきった。人間が運命に半ば自覚的であり無自覚的でもあるように、スカンク嬢になりきっていくうちに、台詞の細部に作品の全体像が染み込んでいるのを体感した。幕が下りたときは燃焼しきった感じで何も考えられなかったが、カーテンコールの拍手の音を聞くうちにこの公演が成功したこと、自分が成功の一部として機能していることを感じた。

楽屋に薔薇の花束をもって現れた岸田は彼女の演技を褒め、鞍坂も文句なしだと絶賛した。麻衣は女優として確かな一歩を踏み出したのだ。

二週間の公演を無事に乗り切った頃、岸田にデートに誘われた。

「君は立派な女優だよ。そして、急速にきれいになってる」

デートの最中、岸田はそんなことをやや照れながら言った。演劇人として生き、岸田と並んで歩くというこれまでとは別次元にあるような幸せに、はじめ麻衣は戸惑った。が、二度、三度とデートを重ねるごとに現実を少しずつ受け入れられるようになっていた。麻衣にはまだ進まなければならないステージがあった。仕事も、恋も。

しかし、どちらも進展は簡単ではなかった。

10

初めての公演から一年が経った。その間に『エレウテリア』の公演が時期を分けて三回あり、いずれも成功に終わった。麻衣は最初に約束されていた、自分を主役にした戯曲が気になってきていた。

それとなく鞍坂に確かめてみるのだが、そのたびに鞍坂は「途中まではできているのですが」などとはぐらかした。

岸田との関係は停滞気味だった。所無でのロケが終わると、デートの機会自体が減っていった。それに、いつまで経っても岸田は麻衣に指一本触れようとはしなかった。

二人の関係を変えたいと気持ちが焦るさなか、唐突に別れは訪れた。

「これからしばらく海外ロケの仕事で日本を離れるんだ。いつか……そうだな、君が初めて主演する頃、君にもう一度会いにいく」

海外ロケは三カ月に及ぶという。三カ月後のことなど、自分にはわからない。

それでも、麻衣は結局、「わかりました」と答えた。「それまでに主演ができるように頑張ります」

「君が主役をやる時には必ず薔薇をもっていくよ」

そう言う岸田と最後に握手をした。互いに手を離しがたく、電車がくるまで二人ともじっとしていた。岸田と別れてからも、頭に靄《もや》がかかったみたいだった。次に会えるのは、自分が主演する日。鞍坂はいつか自分に主役をやらせてくれると言った。それを信じるしかないのだ。

その日の夕方、稽古室に行くと、鞍坂は窓の外を見ていた。

「君のための作品は、間もなく完成します。待っていてくださいね」

「はい、私、鞍坂さんを信じています」

「君が言うと、ありふれた言葉も瑠璃色の輝きを放ちますね」

それから、鞍坂は麻衣のほうへ近づき、慈しむようにそっとその髪を撫でた。麻衣は、鞍坂が自分と結ばれる運命にあったのなら、どんなにか素敵だったろう、と思った。もしも鞍坂と結ばれることができるのなら、岸田と鞍坂、自分はどちらを選ぶのだろう？

答えはない。ただ、今この一瞬の触れ合いが尊く感じられただけ。

やがて——鞍坂の指がそっと離れた。

11

「でも結局、〈次の作品〉は完成しなかったんです。『エレウテリア』の四度目の公演の千秋楽を待たずに、鞍坂さんは入院してしまいました。そして、そのまま……」

麻衣は涙をぐっと堪えるように下唇を噛みしめた。

「岸田さんとはその後は？」と尋ねてみた。

「帰国後に連絡先を変えたらしくて。キャンディ売りのバイトも終了してしまいましたから、彼が訪ねてきても私はいませんし……」

彼女は仕事のステップも、恋のステップも、どちらも同時に梯子《はしご》を外されてしまったのだ。

唐草教授はその様子を見て、麻衣にそっと語りかけた。

「君には彼に稽古をつけてもらったという立派な財産があるじゃないか。たとえ鞍坂の次作などなくても、女優としてじゅうぶんに通用する演技力を身につけたはずだよ」

「私なんかまだまだ一人じゃ何も……新しい役をいただきながら、もっと鞍坂さんのご指導を仰ぎたかったのに……」

「鞍坂は君の能力を高く評価していた。君が本物の女優として活躍する素質をもっていたという証だと思うが？」

「鞍坂さんがいなきゃ、私なんか未熟者です」

麻衣はそんな自分を嫌悪するように、ため息混じりにかぶりを振る。

すると――黒猫が場内の人混みを眺めながら、麻衣に言った。

「この中に、鞍坂さんのご夫人がいらっしゃいます」

「え……奥様が？」

その言葉に驚いた。鞍坂夫人がここに？

「それじゃあ、僕がご案内しますよ」

黒猫は麻衣を手招きして先を歩き、遺影とともに参席していた女性の前で足を止めた。

「こちらが、鞍坂さんの妹の恭子《きょうこ》さん、そしてこのお写真に写っておられるのが、鞍坂さんの奥様、美佐子《みさこ》さんです」

麻衣は言葉を失い、直前まで流していた涙さえも引っ込んでいた。

「はじめまして」と恭子が頭を下げる。

麻衣も頭を下げて少し言葉をかわすと、黒猫に連れられこちらに戻ってきた。その顔はまだ衝撃のただ中にいるように見えた。

「お亡くなりになられていたなんてひと言も……」

戸惑いながら言う麻衣に、黒猫は答えた。

「言ってしまったら、あなたは鞍坂さんをもっと好きになってしまっていたでしょうね」

「それは……」

「鞍坂さんはこの劇団の脚本演出を引き受けるより遥か前に、医師から余命を宣告されていたようです。そうですよね？　唐草教授」

「ああ、そうだ。私はそれを承知で彼に依頼した」

「彼には時間がなかった。若い娘に幸福を与える時間がね」

そのとき——唐草教授が「ちょっと失礼するよ」と言ってその場を離れ、ステージに上がった。それを合図に、黒猫もステージの脇へと向かい、何かボタンを操作した。

鞍坂の写真の前に、白いスクリーンが現れた。

いったい、何が始まるのだろう？

12

「本日は鞍坂のためにお集まりいただき、ありがとうございます。じつは、私は鞍坂から、遺言を預かっています」

唐草教授の挨拶に、ざわめきが起こる。もちろん、自分も寝耳に水だ。

黒猫の顔を見る。黒猫は——黙々と何か機材をいじっていた。唐草教授が遺言を読み上げる。

「〈本日は私のような者のためにお集まりいただき申し訳ありません。ここで皆様に、映像を織り交ぜた短い劇をお届けします。劇作家としての、私の集大成のようなものです。主演は、今利麻衣さん。とても有望な女優さんです。では、長らく、数々の愚作にお付き合いいただき、本当にありがとうございました〉」

場内から、涙ぐむ声が聞こえてくる。そんななか、麻衣だけは何が起こっているのかわからず呆然とした表情でステージを見つめていた。

照明が落ちた。操作しているのは、黒猫だ。やがて――中央のスクリーンに照明が当たる。

「あっ……」

小さくそう声を上げたのは、麻衣だった。モノクロの映像。映し出されたのは稽古室に一人たたずむ鞍坂だった。鞍坂は言う。

「生のすべてを否定し、たった一人で生きることは困難だ。たとえば、恋。私はいま、若い娘に恋をしている。生の喜びだ。だが、間もなく死へと飛び立つ私にはその輝きは受け入れがたい」

鞍坂は頭を抱える。やがて、スクリーンは真っ暗になる。

きっちり十秒後、画面が切り替わる。

見慣れた所無駅前の風景。そこに、つまらなそうな顔でキャンディを売る麻衣の様子がひたすら淡々と映し出される。一人ひとりの客に接する姿。

鞍坂の声が語りだす。

「娘はまだ知らない。自分がどれほどの輝きを内に秘めているか。その輝きが、どれほどまばゆく、私の自由を脅かしているか」

る。

〈翌週〉とテロップが出る。

やはり麻衣はつまらなそうだ。だが、微かに変化がある。客への対応に積極性が出ている。子どもと目で会話をし、最終的に母親を口説いてキャンディを購入させるまでの流れは実に巧みだった。

〈さらに翌週〉

奇跡が訪れる。誰もが知っている俳優、岸田との出会い。そこから物語は恋愛色を強めていく。

やがて、彼女に異変が起きる。モノクロの中で一点、唇だけが赤くなっている。鞍坂の与えた口紅が、娘を美しく変え始める。

「恋愛は、娘を美しくする。娘の美しさは、私の胸を苦しくする。いっそこの命を縮めてくれたなら、どんなにか嬉しいだろう」

デートの約束を取り交わす二人。続いて翌日のデートの様子が映し出される。そして会えなくなる日々。

また麻衣の表情に陰が差す。

「彼女は今日も彼を待っている。彼は来るだろうか？」

そして、最後に病床の鞍坂の姿が映し出された。

「幸福とは絶望に似ている。あるいは、絶望が幸福に似ているのか。どちらでもいい。私は絶望の底にいる。そして、とても幸福だ。この世界は希望に溢れていて、同時に絶望的なのだ。もしもあなたが深い絶望の底にいると感じる時は、街に出て若い二人の笑い声に耳を傾けなさい。その奥底にも、同じように深い絶望と幸福とがある。それこそが絶対的真実であり、唯一の希望でもあるのだ」

画面は再び、麻衣を映し出す。稽古の最中に、柔軟体操をしている麻衣の姿。その美しい姿は、人生の儚さと素晴らしさを同時に体現しているようでもあった。

これが――鞍坂が麻衣に約束していた主演作……。いま、わかった。自分だけではない。麻衣もそのことを理解したようだった。

鞍坂は、麻衣が主演の遺作を用意していたのだ。

そして、映像が終わり、照明が麻衣だけに当てられていた。

彼女の纏《まと》った、蝶の模様があしらわれた黒いワンピースは、鞍坂からの贈り物。その衣装を着た麻衣は、映像のなかの麻衣よりも数段美しかった。今日の麻衣こそが、最高の状態なのだ。唐草教授が再び語り始めた。

「いまの映像に出てきたのは、じつは全員が役者なのです。キャンディショップの客も。俳優の岸田さんは友情出演。唯一、主演している今利麻衣さんだけがそれを知りませんでした。そして、今夜のこの会場こそ、鞍坂の遺作の終幕にふさわしいと言えるでしょう。では、語り手は黙り、舞台をヒロインに明け渡します」

ああ、演劇は続いているのだ。

スポットライトを当てられている麻衣は――泣き崩れた。

麻衣こそが、鞍坂の最後の作品であり、創作意欲の源泉でもあったのだ。鞍坂の肌が少しずつ黒くなっていたのは、真夏の炎天下でカメラを回し続けた結果だったろう。映像を用いるのは、今や現代劇のなかでは常套手段となりつつあるが、こんな使い方があるとは思わなかった。

――すぐとなりに好きな人がいるのは、たとえ相手の気持ちなどわからなくても素晴らしいことには違いありませんからね。

となりにいる好きな人とは、奥方のことではなく麻衣のこと。鞍坂は自分に恋しようとする彼女を突き放し、岸田を登場させ、その一部始終を映像に収め、この世を去った。

麻衣の涙は伝染し、場内のいたるところから泣き声が溢れ出した。

黒猫が拍手した。やがて、一人、また一人と拍手に加わっていった。

そして――一人の男性が現れた。

薔薇の花束を抱えたその男は、さっきまでスクリーンのなかにいた岸田その人だった。

「約束どおり、初めての主演作を観にきたよ」

岸田は麻衣に花束を渡した。

「僕は鞍坂さんに言われたとおりに演じただけだ。でも、どんどんきれいになっていく君に心が惹かれそうになったよ」ポケットから手紙を取り出す。「これは今度僕が主演する映画のプロデューサーからの手紙。一足先にさっきの映像を見た彼は、君をぜひヒロイン役に抜擢したいと言っている」

麻衣は感情をわずかでも堰《せ》き止めようとして口を覆った。

「推薦したのは鞍坂さんだ。彼は君を心から愛していたんだよ」

その言葉を聞いた麻衣は、再び泣き出した。まるで見えない鞍坂の胸にすがるみたいに。

13

「黒猫、あれは鞍坂さんが最後に残した魔法ね」

黒猫と一緒に会を途中で抜け、近くにあるビアホールに入った。夏の夜空の下でビールを飲んでいると、さっきの地下で起こった出来事がすべて幻想だったように思えた。

そして、その幻想には、唐草教授と黒猫もひと役買っていたのだ。最初に唐草教授が挨拶しにきたとき、黒猫に「よろしく頼むよ」と言っていた理由もわかった。遺影を持っている女性がいるのも最初から気づいてはいた。今考えればわかる。遺影とともにお別れ会に参加するのはよほど関係の濃い人――たとえば、鞍坂と血縁があるような人物であろう、と。

「そうだね。それこそ『ハンス・プファアルの無類の冒険』みたいなものさ」

「どういう意味？」

「ハンス・プファアル氏は気球で月へと飛び立ってしまう。彼を取り巻く決して美しくない現状を乗り越えて、極めて現実的な方法で。ポオはファンタジイの可能性を追求したのではなく、現実のなかにこの不自由な世界を超克するヒントがないかと模索していたのだろう。それがSF的なかたちをとった。鞍坂さんは、演劇の人だ。科学の人ではないから、現実を超克するのに演劇を用いた」

「なるほど……そう考えれば、たしかにハンス・プファアル氏と重なる、とも言えそうね。ところで、今日、会が始まってすぐに黒猫は『ハンス・プファアルの無類の冒険』が〈表現〉に関するテクストだって言っていたけれど、あれはどういう意味？」

　黒猫はジョッキの持ち手の外側に親指と小指をかけ、間の三本指を持ち手の中に通して持ち上げた。妙な持ち方だ。遊んでいるのかも知れない。

「表現とは、英語でexpress。要するにex＝表にpress＝押し出されるものが表現だ。地球上で起こっている出来事も、一人の人間の人生もいずれは朽ちる虚しいものである点は同じ。それに対する抗議こそが表現だ。そして、地球の〈表に押し出される〉ハンス・プファアル氏の行為も、一種の虚無への抗議みたいなものであり、その意味では〈表現〉の名に値するんじゃないかな。そして、ベケットの作品全体も、まさにそうした虚無を出発点とした〈表現〉だ。と同時に、麻衣さんの演技という〈表現〉の向上は、絶望に満ちたこの世の輝ける側面でもある」

見上げると、夜空には月が浮かんでいた。今夜は東京でもこれほどはっきり見えるのかというほどに満天の星が広がっている。

表現——か。家に帰ったら、もう一度論文を見直そう。今度はうまくいく気がした。自分の言葉で論じる。それも一つの表現。また一歩、研究者の階段を上れた気がした。そして、黒猫と素直な心で向き合う表現法のヒントも、もしかしたら——。

再び正面に目を戻すと、視線が交差する。それだけのことで、鼓動は速まり、頬はこんなにも熱くなる。

「飲み過ぎたんじゃないか？」

「そんなことないよ」

夜風に吹かれる。生ぬるい、七月の風さえも涼しく感じるあたり、〈そんなことないことないのかも知れない。

「今夜、麻衣さんはどんな夢を見るのかしら……」

「鞍坂さんの行為を、彼女は誤解していた。だが、今彼女が抱いている複雑な感情を受け止めるべき鞍坂さんは、もうこの世にはいない。その体験は相当キツいものだろうが、それゆえに、確実に女優としての彼女の肥やしにはなっていく。何しろ彼女は、現代演劇の巨匠、鞍坂岳の最後の作品に主演した女優だ。あとは彼女がどうするか、だ。今夜、夢で鞍坂さんと会えるといいな」

「そうだね……」

「この先の麻衣さんの女優人生には戯曲も台本もない。鞍坂岳が最後にかけた魔法が解けないうちに、自分だけの表現技法が見つかるといいね」

頷いて、ビールを口に運ぶ。泡が喉で弾けて通っていく。

「お、遠くで花火の音がするね」

ボン、と小さく弾ける音が響く。その音に耳を澄ませると、麻衣のこれからの物語が聞こえてくるような気がした。

戯曲のない夜に表現技法を探す旅は、気球に乗って果てなき宇宙を目指すのに似ているのかも知れない。

その冒険は、今夜始まったばかりだ。

第四話　笑いのセラピー

■タール博士とフェザー教授の療法

The System of Doctor Tarr and Professor Fether, 1845

一八＊＊年、私はフランスの南端の地方を旅行中、メーヤール氏の精神病院を訪れた。そこは処罰も監禁も用いず、患者にできるだけ自由を与える「鎮静療法」を行なうことで有名だった。

だが院長に話を聞くと、鎮静療法は危険に満ちており、すでに放棄すると決めたという。現在は異なる治療を実践しているらしいが、熱心に尋ねても、なかなかその内容を話そうとしない。

病院の見学は患者を緊張させるから、まずは食事を一緒にとろうというメーヤール氏に従って、私は夕食に参加する。

そこで見た光景は、異様なものだった——患者は悪趣味なまでに着飾っており、食事も驚くほど豪華なものが並んでいたのだ。

いったいこの病院ではどんな治療が行なわれているのか？

1

淡い黄色に染められた銀杏並木を歩きながら、冷花《れいか》はため息をついた。たった今、かつて〈ゴッズ〉というコンビで活躍していたコメディアンが初めて開いた〈MIKAMI　詩と絵画展〉を観て、〈東京マンナカ美術館〉から出てきたところだった。

青い空がからりと乾いた空気を運んでくる。冷花は一度だけ美術館を振り返った。〈東京マンナカ美術館〉は、六本木のシンボルとも言うべき〈東京マンナカタウン〉の五階にある。五十メートルほど離れた地点からも、五階に見えるその看板は目立っている。

歩いていると、テレビ局のカメラマンを引きつれた男性リポーターが、冷花に目を留めた。

「三上《みかみ》さんの個展に行かれた方ですね？」

どうやら冷花が手にもっているパンフレットを見て声をかけたようだ。冷花が小さく頷くと、男は「三上さんの初個展はいかがでしたか？　コメディアンが芸術の分野に進出されることをどう思うかも……あ、ちょっと……！」

何でも自分の主張に沿って編集するタイプの悪質な輩《やから》だと判断し、無視して歩き始めた。過去の傷に顔をしかめてしまうような、それでいて同時にどこか清々しいような今の気持ちを邪魔されたくなかったのだ。

「三上」とリポーターが呼んだのは、現在もコメディアンとして活躍しながら、映画や音楽、詩と広く芸術全般に着手し始めている男のことだ。

三上と冷花が会ったのは冷花が十二だった秋のこと。最後に挨拶だけしておこうかと思っていたが、今の冷花を見て、彼が気づいてくれるかどうかは甚《はなは》だ怪しい。

結局、受付で姿を見かけたものの、声はかけなかった。彼の隣にいた女性の瞳に、強い決意を感じたからだ。もう自分の過去の過ちにあえて触れるようなことをしなくてもいい。

〈東京マンナカタウン〉からほど近くにある檜町《ひのきまち》公園でも久々にぶらりとして帰ろう。冷花には都内にいくつかお気に入りの公園があり、檜町公園もその一つだった。徒歩数分で到着した広大な面積の敷地内は、十月の終わりにふさわしく赤みが差し、道までもが落葉色に染められていた。

童心に返って落ち葉を蹴りながら歩いていると、前方にふと見知った背中を見つけた。かつて、弟のマンションの前で待っていると、その女性が弟と一緒に現れたのを思い出す。

アイツもやるもんだと内心でニヤニヤしたものだ。当時、弟と彼女はまだ恋人同士ではないみたいだったが、現在はどうなのだろう？　今日に至るまで、弟からその手の話を聞いていない。先日久々に電話をかけてきて、初めてパリから戻ってきていることを知ったくらいなのだ。

走っていって、彼女の肩をポンと叩いた。グレイのパンツ・スーツに白シャツを着たその女性は振り返る。三年前より、だいぶ大人びた表情。風のない海のように穏やかな目、けれどそこには陽光の煌《きら》めきと情熱が隠されている。

「冷花さん……」

彼女は驚いて口に手を当てた。

「おひさ。何してんの？　お散歩？」

「さっき、そこのS大学で学会発表がありまして、少し時間が余ったんです……」

「ふうん。日曜なのに大変ね」

冷花は大学院には行かなかった。学問に興味がなかったのだ。現在は服飾デザインで生計を立てている。

「冷花さんはどうしてこの公園に？」

「私？　美術館帰りにふらっとね。神出鬼没のクールフラワー、檜町公園へ行くってやつよ」

「……何か、漫画の小題みたいですね」

思わぬ返しに調子が狂う。頭を掻きながら気を取り直す。

「ところで、弟とはもう付き合ってるの？」

「は……はい？　私たち……そんなんじゃ……」

直球過ぎたか。そんなに慌てなくてもいいのに。

「私の読みもアテにならないわね。まあいいわ。どう？　せっかく会ったんだし、少し喋らない？　立ち話もなんだし、ベンチにでも座ろうか、付き人クン」

冷花はさっさとベンチを見つけ、落ち葉を払いのけて腰を下ろした。冷たい感触が肌を伝う。

「それで、何を悩んでるわけ？」

単刀直入に切り出した。〈付き人〉はまるで心を読まれたとでもいうような驚きようだ。

「悩みまくってるでしょ。そう書いてあるよ、顔に」

「そ……そうですか、あの、研究がですね……」

「とことん嘘が下手らしいわね。うちの弟、何か悪さした？」

「……とんでもないです」

なぜそこで赤くなるのか。やれやれ。

「ごめんごめん。あなたみたいな不器用サンに恋するとは、弟も不憫《ふびん》な男だよね」

「弟さんは、私のことなんか……」

「その〈なんか〉、つまんで捨てちゃいなさいよ。二十過ぎたら、女は自分の持っている器量を使いこなしてなんぼよ。〈なんか〉なんて要らないの。それにね、あなたくらいのかわいい子が〈私なんか〉とか言うと嘘臭いだけだよ」

彼女は少し黙ってから、「はい、そうします」と静かに答えた。

「冷花さんは強いですね。相手の気持ちがわからないとか、怖くないですか？」

「『怖い』ねぇ……」

冷花は首を傾げた。どうやらこの子は、恋愛経験がそれほど多くはなさそうだ。

「私は人の気持ちに限らず、わからないことにはワクワクしかしないんだよね。でも、それはそれでよくないこともあるのよ。時には取り返しのつかない過ちを犯してしまうことにもなるし――」

冷花は、遠い日に思いを馳せる。

秋の気配。乾いた空気。青い空からはらりと降ってくる赤い葉。

ああ、あの日と同じ晴れた空だ。

「過ち――ですか？」

「ちょうどこんな乾いた季節だったな……。あの日、私はまだ見たことのないキラキラしたものをつかまえてみたくて、自分の住む町の外へと自転車を走らせていたわ」

気がつくと、冷花は話し始めていた。青い想いが、赤く色づいた季節に残してしまった傷のことを。

2

それは冷花が間もなく十三になろうという、中学校一年の秋のことだった。中学校という世界は、刺激に満ちていた。それまで一学年一クラスしかないような小さな小学校にいたせいだろう。急に七クラス編成のなかに放り込まれ、無邪気に遊び回るうちに、あっという間に半年が過ぎていた。

——おまえ、最近はしゃぎすぎだな。

弟は冷花を鬱陶しそうに眺めてそう言ったものだ。口をすぼめ、シャツの肩のあたりを少し持ち上げるのは、自分が生意気なことを言った自覚から生まれる照れ隠しである。

三つ歳の離れた弟はまだ小学四年。けれど、中学一年で習うことくらいなら弟のほうが理解が早いらしく、よく人の教科書を眺めては「なんだ、中学ってもっと急に難しいこと習いだすのかと思ってた」と言っていた。

対する冷花は、勉強は初見で大して難しくないことがわかると、取り組む意欲がなくなり、とにかく遊んでいた。小学校の頃より遠くの街まで自転車で出かけられるようになり、それまでは親同伴でなければ行かせてもらえなかったデパートやゲームセンターといった場所に子どもだけで行く許可を得ると、毎日出歩くようになった。

はじめのうちは友人と行動していたが、そのうち一人で気楽に遊び始めた。そんな冷花に敵意をむき出しにする女子たちは、冷花が男探しに単独で行動しているのだと陰口を叩いていた。

冷花としては、誰にも気がねすることなくどこまでも行ける感覚が嬉しかっただけなのだ。そのためなら、たしょう周囲に嫌われるくらい安いものだ、と思うことにした。

しかし――夏も終わる頃には、そんな自由も色褪せて見えるようになった。原因は、中学三年生の図書部部長を祭りに誘い、断られたことだ。いつも廊下ですれ違うたびに小難しげな顔をしているその先輩が図書室の外で何を語るのか興味があったのだ。なのに、デートに誘ったと誤解された。悔しかった。この年頃の連中は何でも恋愛にしてしまう。

そもそも中学校という狭い箱の中での出会いに、無理やり色恋を絡める発想自体げんなりだ。冷花はただ未知なる世界を味わいたかったに過ぎないのに。

日常に倦《う》んだ冷花は十月のある日曜日、四時過ぎになってから、ちょっと遠くまで行ってみようと思い立った。自由も未来も、待っていてはやってこない。ならば自分からこのつまらない現実を抜け出さなければ。夕飯の時間は七時。それまでに帰れば文句は言われまい。

家を出るとき、弟がそんな冷花の冒険心を見抜いてか、こう言った。

――なんか、企んでる？

――べつに。あんたは宿題でもしてなさい。

――もう終わった。終わってないのはおまえのほうだろ？　つうか明日、月曜だぞ？

――うるさいわね。明日のことは明日考えるわよ。

――明後日の間違いだろ？

憎まれ口を叩いてくるのはいつものこと。だが、こちらの企みに気づくとは、まったく油断のならぬ奴め。

冷花は家を出て、自転車にまたがった。首元のゆったりとしたブラウスにショートパンツ。日が落ちたら冷え込むかも知れない、とチェック柄のシャツを腰に巻いていざ出陣。

自転車は大好きだ。自分を知らない世界へ連れていってくれるから。電柱や石垣一つでも、見知らぬものに出会える喜びは大きい。こんな小さな街は要らない。もっともっと違う景色が見たい。そうでないと、本当の運命なんてわかるわけがない。

サングラスをかけると、視界が変わった。変身。私は名もなき放浪者。どうせ名もない存在なら、宇宙人くらい途方もない規模の名無しになりたい。

細い路地を三回右に曲がり、左へ五回曲がった。三回曲がったのは弟の誕生日が三月だから、五回曲がったのは母の誕生日が五月だから。自分にしかわからないルールで動いても、そこには何らかの必然が生まれる。

――ぜんぶたまたま、ぜんぶ運命、世の中あまねくそれだよね。本当の運命は出会った瞬間にわかるし、そのまま離れないくらい強いものだと思うよ。

本に視線を落としながら、弟はよくしたり顔で言う。小さい頃からいつも。

本当に出会った瞬間にわかるものなのだろうか？　物事をすべて楽しいか楽しくないかで考えている冷花にはよくわからない。

でも今日は予感のようなものがあった。モノかコトかヒトかは知らないが、〈本当の運命〉とやらに出会えそうな気がしたのだ。


かれこれ一時間以上自転車を走らせただろうか。真っ赤な夕焼けが街を食べようとしていた。冷花は腰に巻きつけたシャツに袖を通し、なおも進んだ。

風は微かな冷気を含みながら、冷花の髪を弄《もてあそ》んだ。

気がつくと、見たこともない景色のなかにいた。隣町でも、隣の隣の町でもない。周囲には石塀が崩れかけていたり、手入れのされていない草木で覆われている家、道路にはみ出さんばかりに粗大ごみが積まれた家がある。ひどい悪臭がする。道路の幅は狭くなり、時折出会う野良猫の顔つきまで鋭く、貪欲に見えた。

ここはどこだろう？　電柱に記された住所を見ると、秘辻《ひつじ》町と読めた。その町名を一度だけ親の口から聞いたことがあった。あまり近づかないように、という言葉とともに。

どうしよう、引き返そうか。だが、今日は色褪せた世界から抜けて輝ける未来を――本当の運命を探す日なのだ。悩みながら自転車を進めていると、丁《てい》字路に出くわした。右手には公園、左手に進む道はそのまま元の方向へ戻るように左折しかできない。

突き当たりの塀に〈ひつじ荘〉という看板が見えた。

ひつじ荘？　ああ、秘辻町だからか。だけど、こうしてひらがなで書かれると、奇妙な名前だ。どうやらアパートであるらしかった。ずいぶん古びた佇《たたず》まいで、部屋も一階に五部屋、二階に三部屋しかない。フレームだけの手摺《てすり》から外廊下や各玄関ドアが確認できる。

敷地内から、ニワトリの声がする。〈ひつじ荘〉なのにニワトリ？　あたりが暗くなり、ただでさえうらぶれた怪しい地域にニワトリの声が怪しく響く。ちょっと怖くなり、少し戻ってべつのルートを探そうとしたところで、背後から声をかけられた。

「このへんは治安が悪いんだ。ダメだよ。君みたいな子がウロウロしていたら」

驚き、振り返る。髪の長い男性が、憂いの漂う目をこちらに向けていた。

その瞳を見た瞬間――心臓をぎゅっと掴まれた気がした。初めての感覚だった。何だろう、この感じ。ああ、これ、もしかしてひと目惚れ？　まさか、馬鹿みたい。

「ええ……あの……」

冷花がここにいる理由を説明しようとしていると、アパートから人が出てきた。

「あれ？　かわいい子じゃん、淳《じゅん》、お前の彼女か？」

アパートから現れたのは金髪の男だった。いかにも柄の悪い、チンピラ風の男。

「バーカ、違うよ」

淳と呼ばれた長髪の男性は不機嫌に言い返すと、突然「うっ……目が」と言って目を押さえ、飴玉を取り出して冷花にそっと握らせた。

「すごい……」

必ずしも笑いには結びつかないユニークな演出。けれど金髪の男に対するぶっきらぼうな物言いと優しさに満ちたささやかなマジックのギャップが、もともと揺らいでいた中学生の乙女心にとどめを刺した。

「ここは魔法の町だ。早くお帰り。二度と一人で来ちゃダメだよ」

「ば……馬鹿にしないでよね。私、子どもじゃないんだから。さようなら！」

くるりと背を向けて自転車を漕ぎだす。が、言葉とは裏腹に、自分の心の中が赤く染まっていくように感じた。もちろん、夕陽の色が焼きついたわけではなかった。

帰り道、ペダルを漕ぐ足は疲れを知らなかった。あてどない散策がもたらした素敵な出会いというフィルターから世界を覗き見ると、自分はなんとなく宇宙に漂う塵芥なんかではなく、特別な何かかも知れないとすら感じられた。これだ。これこそが〈本当の運命〉に違いない。

知りたい。あの長髪の男性は何をしている人なのだろう？

3

帰ってからも頭の芯が何かに叩かれたようにじんとしていた。

「おい、冷花」

弟は冷花の部屋に入ってくると、ソファにもたれかかり、冷花のことを呼び捨てにした。反応がないとみると立ち上がり、冷花のこめかみに人差し指を突き立てる。

「キュルキュルキュルキュル。あ、からっぽだった」

「……何それ」

弟は再びソファに身体を投げ出す。

「やっぱつまんないよな。いま学校で流行ってるみたいなんだけど」

冷花の家ではテレビを見せてくれない。そのことで、冷花も子どもの頃は友人たちの会話に入っていけなかったことがある。弟などは男の子だから余計にそうだろう。

「それより、おまえ今日、なんか変だぞ」

弟は足の親指と人差し指を上下に組み換えて音を鳴らす。妙なところが器用なのだ。

「論理的じゃない誹謗中傷はお小遣い削減の対象になりまーす」

冷花は鼻歌まじりにそう言って勉強机に向かい、手鏡を取り出した。鏡の中には中学生のわりには小悪魔的と称される顔がある。

淳と呼ばれていた彼は二十代後半くらいに見えた。大人の男性から、自分はどう見えるのだろう？　やっぱりただの子どもか。中学生だもんな……。いやでもこの美貌は中学生離れしているとも言われるではないか、と自惚れ心を鼓舞する。

「恋でもした？」

「すごい、なんでわかるの？　そう、本当の運命ってやつよ」

弟は深いため息をつく。「興味本位で近づいて、これまで何人の男を傷つけてきたんだ？」

家まで告白しにきた男子が過去に何人かいた。みんな冷花が好奇心で話しかけたのを好意と誤解している輩ばかりだった。

「それは相手の一方的な勘違いでしょ？　私のせいじゃないわ。今回はそういうのと違うの」

「それで、どこのどいつに惚れたんだ？」

冷花はよくぞ聞いてくれたとばかりに今日の出来事を話したが、弟はうーんと唸り始めた。

「でもさ、そんな遠い町の男の人に恋してもしょうがないじゃないか。何の接点もないんだから」

「接点は——これから作るのよ」

「言われたんだろ？『二度と一人で来ちゃダメだよ』って」

そこで冷花は弟に顔を寄せた。

「一人でなければいいわけでしょ？私が何のためにこんな話を打ち明けたと思ってるの？」

「まさか……！」

弟はがばっと身を起こした。

「明日、学校から帰ってきたら、付き合ってよね」

「冗談じゃない！」

「パフェ奢る！」冷花は両手を合わせた。

「おまえ何かって言うとそればっかりだな。しかも、前回の分ももらってない！」

夏休みに部屋の片づけを代わりにやってもらったご褒美としてパフェを奢る約束をしたのだが、いまもって果たしていない。

「今度まとめて二つ！」

「そんなに入らない」

「とにかくお願いしますこのとおり！」

しばらく黙っていると、弟は観念したように「地図、書いてよ。現地集合な」と言った。

冷花はむぎゅっと弟を抱きしめた。弟は手を振り回しながらどうにかその抱擁から逃れ、ふう、と息を吐きだした。

4

待ち合わせの時間は午後五時。〈ひつじ荘〉の前で待っていると、やや遅れて弟が現れた。

「迷ったんでしょ？」

「迷ってはない。地図の書き方が悪いだけ。目印に〈電柱〉って書くやつがあるかよ」

「うっ……」

人に地図を書くなんて初めてだったのだから仕方ないではないか。言い訳しようとしていると、背後から足音が近づいてきた。

「あれ、昨日の……淳に会いにきたの？」

昨日声をかけてきた金髪の男だった。すっとした顔立ち。ワイシャツは、第二ボタンまで開いている。いかにも遊んでそうなことは、中学生の冷花でもわかった。

「そうよ。彼、いるの？」

冷花は腕を組んで言った。

「ふうん。アイツ今出かけてるよ。帰ってくるまでうちでお茶でも飲んで待てば？　俺、アイツと部屋をシェアしてるんだ」

「いいの?」

冷花は素直に喜んだ。軽薄そうな男だけれど、暇つぶしにはなるかも知れない。

男の誘いに乗っかろうとすると、背後から弟がシャツの裾を引っ張った。冷花が振り向くと、弟はキッと睨みつけ、首を横に振っている。

こういうときは長女権を発動。手を振り払う。

「ぜひお邪魔させていただくわ」

背後で小さく舌打ちする音が聞こえたが、こちらはパフェをご馳走《ちそう》するのだ。文句を言われる筋合いはない。

「でも知らない人のお宅に上がるわけにはいかないわね。お名前を聞かせてくれる?」

「ん? あ、俺は三上。見たことない? コメディアンなんだけど」

「存じ上げないわね。うち、テレビ見ないから」

「あ、そうなの? 〈ゴッズ〉っていうんだけど、知らないか」

三上は大袈裟にがっかりする仕草をしてみせてから、二人を部屋に案内した。正面から見て二階の左隅の部屋だった。いちばん右は空き部屋。真ん中は女性の部屋らしい。

三上の部屋は、書棚がずらりと並んでおり、絵なども飾ってあった。そのほか映画の雑誌が山ほどある。弟はそれらを興味深そうに眺めていた。

「それで、君の名前は？」

「冷花。クールフラワー。以後ヨロ」

「ふうん。あ、弟のほうはいいや。俺はかわいい女の子にしか興味ないから」

弟は冷めた目で男を見ているが、三上はお構いなしの様子で台所へ向かった。その隙に、弟はそっと冷花の耳元で囁いた。

「あの男、怪しいよ。すぐ帰ろう」

「大丈夫よ。コメディアンなんて滅多に会えないんだから。これも運命よ。それに、あんただって、いざとなったら守ってくれるんでしょ？」

「……何だよそれ」

かわいいものだ。しょせん頼られると内心嬉しいのだから。冷花は何だかんだ、このませた弟を扱い慣れている。

台所で何やら飲み物を用意している三上に尋ねた。

「淳さんって――どんなお仕事してるの？」

「ん、淳か？」彼は、書棚の手前に飾ってあるドリルのような工具を手で示す。「こうやってウィイインって突っ込んで、穴を開ける。それが奴の仕事」

「工場？」

「まあそんなもんだな」

三上は、冷花が淳の話を聞きたがることに、微かに苛立っているように見えた。何だ、意外と面倒臭い奴だ。冷花は話題を変えることにした。

「三上さんは、いまの仕事楽しいの？　私、コメディアンってよくわからないんだけど」

しょうじき言えば、コメディアンという言葉の意味もよくわかっていない。

「楽しいぜ。今はまだ駆け出しだが、いつかコメディアンとして日本一になるんだ。チャップリン並みのスターって、まだ日本にはいないからね」

「……プリンがどうかしたの？」

三上は笑った。

「チャールズ・チャップリン。知らない？　〈世界の三大喜劇王〉。いま巷《ちまた》に溢れているような笑いの基本は、すべてチャップリンがやっていることの発展形でしかないんだぜ。ドタバタ劇にハートフルコメディ、シリアス路線までさまざまな切り口のコメディを作り上げた。彼のプライベートも含めてリスペクトしてるんだ」

三上はなおも自分の夢について延々と語っていたが、冷花は淳の仕事について考えていた。どんな工場で働いているのだろう？　「冷花ちゃん、聞いてる？」

「へー、すごーい」聞いていたふりをして相槌を打つ。

そろそろ淳さんが帰ってこないかな、と思い始めたとき、赤い液体の入ったグラスが目の前にポンと置かれた。それが何なのか、飲んだことはないものの冷花は知っていた。

ほう、これを私に飲ませるということは、大人扱いしてくれているということか。隣で弟はまた首を横に振る。ええいうるさいな。

「ボクはこっちのジュースあげるから」三上は冷蔵庫から炭酸ジュースの缶を取り出して弟に渡した。「ここの大家さんが庭でニワトリ飼ってるんだ。見てこないか？」

「え！　ニワトリ？」

ニワトリ好きの弟はこの誘いに一も二もなく飛びつき、ジュースの缶を片手に走っていってしまった。二人になると、三上は早速といった感じで距離を詰め、「飲んでごらん」と冷花の口の前にグラスを近づけた。

「自分で飲めるわ、これくらい」

手から奪ってぐいっと飲む。これが大人の味か。血管に雷でも通されたみたいだ。思っていた以上に衝撃が強かった。

三上の手が伸びてきて冷花の髪に触れた。馴れ馴れしい奴。冷花はその手を払いのけた。せっかくの大人の味を楽しめないじゃない。

「何？　私の髪、どうかした？」

「いや、きれいな髪だと思ってさ」

何を当たり前のことを。冷花はまた飲んだ。三上の手に力が入ったのがわかった。もう一度腕を振り払おうとしたら、押し倒された。

何よこの人。冷花は口に含んだ液体を三上の顔に霧状にして吹きかけてやった。

ぷはっと呻《うめ》いて、三上の身体が離れる。

「私、乱暴する奴が大っ嫌いなんだよね、悪いけど」

「……このガキ……」

三上は顔を拭いながら再び腕を伸ばした。そんな手に二度も乗るものか。冷花はすっとかわしたが、背後が壁だった。しまった。空間の狭さを計算に入れていなかった。三上は今度こそ逃がすまいと徐々に距離を狭めてきている。

どうしよう、と焦っていると、ドアをノックする音が聞こえた。

「ちっ。はーい？」

淳が帰ってきたのだろうか。だが、ドアの向こうから返事はない。

再びノックの音がする。

小さく舌打ちをした三上が立ち上がり、ドアを開けると――。

オッエエエッオッオッオッ！

一羽のニワトリが飛び込んできた。

「うわ！　な、何だこりゃ……！」

見るとそのニワトリの後ろで、弟がこちらに手招きをしている。冷花はおぼつかない足取りで立ち上がると、ニワトリの間をすり抜け、靴を手にもって外へ飛び出した。

「ちょ、ちょっと待てお前ら！」

追ってこようとした三上に向かって、弟は炭酸ジュースのプルタブを開けた。しゅううっと音を立てて中身が噴き出す。事前に振っておいたらしい。

予想外の展開に三上が慌てているすきに、弟が腕を引っ張る。「行くぞ」冷花は転ばないよう注意するだけで精一杯だった。もし追ってきたらその時は交番に逃げ込めばいいだけだ。外に出た時点で勝者は自分たちなのだから。

冷花は焦る弟をよそに、階段を慎重に降りた。


「だからよせって言ったろ？」

「……べつに。無事だったじゃん」

あんたの助けなんかなくてもどうにかなったわよ、と冷花は言いたかったが、それはさすがに嘘だなと思ってやめておいた。

まだ手が震えている。改めて自分が危険な状況に置かれていたことに気づき、三上が追ってこないのをおそるおそる確かめる。

「帰ろっか」

さすがに元気がない冷花に気を遣ったのか、弟はそれ以上責めなかった。

結局淳に会えないままこの場を去るのは名残惜しかったが、そろそろ帰らないと夕飯に間に合わない。後ろ髪を引かれる思いで自転車にまたがりかけた時、電柱のところで、時折顔をアパートのほうに向けては俯《うつむ》きを繰り返している女性が目に留まった。

白いワンピース、長い黒髪。いつかは自分もあんな女性になってみたい、と憧れるくらい目を引く美人だ。弟も女性に目を留めた。

「もしかして〈ひつじ荘〉に御用の方ですか？」

弟が声をかけた。昔から困っているような人を見ると、すぐに声をかけて助ける。優しさからではなくて、ただことのついでといった感じで、弟はそうするのだ。

「……どうしてわかるの？」女性は驚いたように顔を上げた。

「ここ〈ひつじ荘〉の目の前ですし、あなたはさっきから二階のあたりに視線をちらちらと向けています」

「じつは彼を待っているの」

女性は嬉しそうに言った。まだ〈彼〉と呼ぶことに恥じらいすら感じられる。

「その方って、〈ゴッズ〉というコンビのコメディアンだったりしますか？」

冷花はそう尋ねた。自分たちが訪れたり、ニワトリ騒動があったせいで、三上は恋人との待ち合わせをすっぽかしてしまったのではないか、と考えたからだ。

「そう」驚いたように女性は言った。「よく知っているわね」

「その方なら、部屋でニワトリと格闘してるわよ」

親切に教えてやる。弟がなぜか、よせというふうに裾をつまんだけど気にしなかった。三上のことは許しがたいが、自分が興味本位に行動したせいで彼女が待たされ続けていたのなら申し訳ない。

「ニワトリと？」

「おねえさん、ニワトリ平気？」

「ええ、私はぜんぜん……」

「じゃ彼氏さん、助けてあげたほうがいいかも」

冷花は部屋を手で示した。女性は礼を言うと〈ひつじ荘〉へと歩いていった。

「あんなきれいな人が、あの男の恋人なんてね」

恋人がいながら自分にあんなことをしようとするなんて、ろくでもない男め。まあ、あれだけの目に遭えばもう二度としないだろうけれど。

「よかったのかな、部屋には上がられたくなかったのかも」

弟が言うので、冷花は「そう？　あの人ニワトリが苦手なんだから、誰か助けにいってあげれば喜ぶわよ」と答えた。

弟は何か、もの言いたげな顔をしていたが、冷花は「行くわよ」と促した。ウン、と応じながらも、弟はまだ先ほどの女性のことが気にかかるようだった。

その時——淳が遠くからやってきた。

「あれ、昨日の……」

冷花の姿を認めると、淳は近くまできて微笑んだ。

「僕はタイムスリップしたのか？　でも服が違うね。ここへは来ちゃいけないと言ったはずだけど？」

「一人で来るなって言っただけだわ」

自分で言ったことくらい、正確に覚えておいてもらいたいものだ。

「だいたい、一度会っただけのよく知りもしない人の意見に私が従わなきゃいけない理由、皆無だと思うわね」

子ども扱いされたことに腹が立ったせいか、むきになってしまった。そんな冷花の様子を見て、淳は吹きだした。

「君の意見も一理あるな」そこでようやく淳は弟に気づいたようだった。「この子は？」

「私の――彼氏」少し背伸びがしたくてそう答えた。

弟は顔を真っ赤にしながら手をおたおたと動かしている。

「でもそろそろ飽きちゃったし、別れようかなって思ってるの」

淳はなぜかクスリと笑った。

「仲良くしてあげな。こんなかわいい彼氏は滅多にできないよ」

そういうことじゃないのに、鈍い男だ。

「そう言えば、淳さんは工場で働いてるんでしょ？　さっきドリルを見たわ」

「……ドリルを見た？」

「三上さんって人に見せてもらった」

するとと、淳の顔色が変わった。

「あの男に近づいちゃいけない。何もされなかったかい？」

冷花は淳の強い眼差しに圧《お》されて慌てて頷いた。

淳は念のために、といった感じで弟のほうを見やる。弟が「大丈夫でした、一応」と答えると安堵したような表情を浮かべた。

「肩書きだけで安心して男の人に近づいたりしないようにね」

子どもにするような注意などしないでほしかった。立ち去ろうとする淳の背中に、叫んだ。

「私、淳さんのこと、好きになっちゃったわ！　生まれて初めてよ、こんなの。私じゃダメ？」

淳は振り返って微笑むと、冷花の頭をそっと撫でた。

「君はいい子だ。大人になったら、僕に会いにきて同じことを言ってごらん。その時、君も僕も恋人がいなかったら、考えよう」

最後まで子ども扱いするんだから。目から涙がこぼれそうなのを、必死で堪えた。

「……約束だよ」

「約束だ」

淳は指切りをすると、冷花たちと別れ、アパートの前をなぜか素通りして右手にある公園に入っていった。その公園はアパートとは目と鼻の先にあった。彼はそこでブランコに乗り、煙草を吸い始めた。それから、まだ淳を見ている冷花に気づいて、もう一度手を振ってくれた。冷花も、手を振り返した。まるで、そうすることで心が触れ合えるとでも信じているみたいに。

5

家に帰ってからも冷花はぼうっとしていた。夜、弟と布団を並べて横たわり、電気を消した。弟は気が向くと冷花の部屋で一緒に寝る。本当に気まぐれなのだ。居間で寝てみたり、自分の部屋に籠もってみたり。今日は一緒に冒険をしたから、連帯感があるのかも知れない。弟は冷花に背を向けている。まだ寝息は聞こえてこない。

「聞いた？　淳さん、私に将来の約束をしてくれたのよ」

暗闇に言葉を逃がすようにそう言った。しばらく間があってから、弟の声が返ってくる。

「おまえ、おめでたいな。体《てい》よく断られただけじゃん」

「私が大人になっても淳さんのことを好きだったら考えてくれるって言ってるんだから、これは婚約でしょうよ」

弟はため息をついた。こんな弟だが、きっとやきもちを焼いているに違いない。

「どうでもいいけど、まずいことしちゃった気がするよ」

「え、何が？　告白？」

「いや……何でもない」

弟はそれきり押し黙った。冷花が酒を飲んだことを言っているのかも知れない。夕飯のとき、母が何か匂うわと言い出して危なかったが、弟が咄嗟に「さっきパウンドケーキ食べたせいだよ」と言って難を逃れた。しかし――何か引っかかる物言いだ。

それから二人はおやすみを言って眠りについた。


一ヵ月が経った。

もう一度淳に会いたい気持ちは日に日に募っていた。けれど、そのたびに、何度も行くのは迷惑だろうと、思い止まってきた。それに、弟は二度も付き合ってはくれまい。一人で行けば、淳は怒るだろう。

だが、会いたい気持ちが限界に達すると、考えが変わった。自分はもう子どもじゃない。なのにどうして淳の言うとおりにしなければならないの？　それに、大人になるまで気持ちを抑えるなんて無理な話だわ。

これまでの単なる好奇心とは次元が違う、運命。自分は生まれて初めて恋に落ちてしまったのだから。

走り出せ。あの日のように、自転車に乗って。

そうでないと、平凡で退屈な日々に押し潰されて、大切な感情まで埋もれさせてしまうことになる。

その日の放課後、大きなサングラスとニット帽という冷花なりの変装をして、〈ひつじ荘〉に向かうことにした。

ところが、〈ひつじ荘〉に着き、二階に上がると、前回と様子が違っていた。まず窓枠にかかった傘の本数が半分近くに減り、盆栽もいくつかなくなっている。

どうしたのだろうと思っていると、中から三上が現れた。冷花はポケットに手を入れた。万一に備えて、そこに〈お守り〉を用意しておいたのだ。三上は冷花と気づくと「ひぃ」と一声あげた。

冷花は睨みを利かせて言った。

「こんにちは、ヘンタイさん。私に指一本でも触れたら法的措置及びマスコミ措置を検討するから、そのつもりでね。ちなみに今日は唐辛子を持参してるから」

冷花はポケットから手を出して、持ってきた唐辛子の粉末が入った瓶を見せた。

もう荷物もないよ」

　三上は先月のことで文句を言われるのではと、冷や冷やしているようだった。

「淳ならいないぜ。こないだキミらが来た日の翌日に出ていった。もう荷物もないよ」

「えっ……」

　思いがけない言葉に思わず唐辛子の瓶を落としそうになった。

　その言葉が信じられなかったわけではない。ただ、受け止められなかったのだ。

　冷花は自分の目で確かめなければ気が済まず、三上の腕の隙間を抜けて室内に入り込んだ。

　たしかにがらんとしている。書棚も消え、壁にかかっていた絵などもなくなっている。

　ところが――ドリルが残されていた。仕事で使う大事な道具だったはずなのに。

「届けなくていいの？」

「もう要らないんじゃないか？　俺も置いてかれて困ってたから、君にやるよ」

　今日の三上はどこか心ここにあらずで、身の危険を感じることもなかった。

「あなた、一カ月前よりマシな顔してるわね。相変わらず中身は空っぽそうだけど」

「……何とでも言え」

　三上は口を尖らせたが、前みたいに襲いかかろうとはしなかった。たしょうは改心したようだ。彼はぼんやりと虚空を見つめると、やがて山高帽をかぶり、ステッキをもってペンギンのような歩き方で窓のほうへ向かって歩き始めた。

「絶望してはいけない」

芝居がかった言い方だった。あるいは彼が敬愛するチャップリンとかいうコメディアンの言葉を引用していたのかも知れない。冷花に言ったのではなく、どこか彼自身に言い聞かせているようだった。冷花はドリルをもって外に出た。自転車に乗る前に、ためしにスイッチを入れてみた。

けたたましい音が鳴る。が、ドリルの先は少しも回転しない。

「これ、オモチャだ……」

淳はなぜオモチャのドリルを持っていたのだろう？

そして、なぜそれを置いていったのだろう？

6

「それで——どうなったんですか？」

弟のガールフレンドは尋ねた。

「それきり、一度も彼とは会っていないわ。そのすぐ後、私は服のデザインに夢中になっていったから」

冷花は舌を出してみせた。弟のガールフレンドは、べつのことを考えているように下唇に指を当てていた。その仕草がおかしかった。この子、弟と仕草が似てきている。だが、彼女はそんな冷花には気づかずに言った。

「でも不思議ですね。オモチャとなると、工場で働いていたという説明と微妙にズレますよね？　それに、オモチャだったとしてもそれを置いていく理由にはなりません」

「あなたの言うとおり。ほかの荷物は何一つ残してないんだもの。故意に残したとしか思えない。それがずっと不思議だったのよ。でも——今日やっとなぜかわかったわ」

「今日？」

「じつは、そこの美術館で〈MIKAMI　詩と絵画展〉っていう個展をやっているの」

「そんなに有名な方なんですか？」

「さっきもリポーターの人から聞かれたわ。『三上さんの個展に行かれた方ですね？』って。いまや彼は、ジャンルを股にかけて作品を発表しているわ」

「あ、そう言えば、以前〈ゴッズ〉の三上何某さんが映画で監督賞を獲ったと聞いたことがありました……。その方、映画も撮っていらしたんですか？」

「ええ。映画、小説、舞台……何でもやっているわ。まるでジャン・コクトーよ」

ジャン・コクトーは詩作、絵画、映画と芸術の形態を問わずに多くの作品を残した。

「弟はね、『笑いはあらゆる芸術のなかにあって、さまざまな経路を切り拓くから、コメディアンは特殊なポジションにいる』って言うのよ」

「特殊？」

「笑いというのは時代や喜怒哀楽を媒介したり、価値観を破壊させたりして理性に揺さぶりをかける精神の運動らしいの。そして、芸術が人の価値を刺激するものである以上、〈笑い〉は諸芸術に深く関わっているそうよ。だから、たしょう技巧に問題があっても、笑いを発生させるコメディアンがいろんな芸術に挑んで成功を収めることには、何の不思議もないんだって」

「黒猫の考えそうなことですね」

「黒猫――ああ、弟はそう呼ばれてるみたいね。アイツらしいわ」

「三上さんが好きだと言っていたチャールズ・チャップリンは、監督も脚本も、時には音楽さえも自分で手がけた相当マルチな才能の人です。きっと三上さんはそんなチャップリンに惹かれたんでしょうね」

「ふふ。どうかしらね」

冷花は微笑んだ。

弟のガールフレンドはまた違うことを考え始めているようだった。弟みたいに次々と新しいことを考え始めて上の空になる。しかも、そんな自分に無自覚なのだろう。

「あの、それで結局その〈過ち〉って何だったんですか？」

「当ててみて。ちなみに、弟は何も言わなくても真相に気づいてしまったみたいだわ」

彼女も研究者の端くれ。分析眼で弟が先んじたことを告げれば、負けん気を出すだろうという読みは、案の定当たっていた。

彼女は表情を引き締めると、力強く言った。

「やってみます」

7

「いくつか腑に落ちないことがあるんです」彼女はそう切り出した。

「●なぜ淳さんはアパートを出てしまったのか。
●なぜオモチャのドリルをもっていたのか。
●なぜオモチャのドリルを故意に置いていったのか。
恐らく、これらの疑問が解けた時、〈過ち〉の意味も理解できると思うんですが」

「あなたなら、どう推理するのかしら？」

〈付き人〉は続けた。

「過ちは、つねに矯正されることを求めます。でも、過去へは戻れませんから、そう都合よくはいきません。そういうとき、人は悲劇や喜劇を見て泣いたり笑ったりすることで心を慰めもします。たとえば、美学者のアンリ・ベルクソンにとって、笑いとはまず第一に矯正でした」

ベルクソン――その名が弟の口から出たことがあるのを、冷花は覚えていた。

「矯正を目的として笑いが生まれるということ？」

「そうです。ベルクソンは、喜劇を見て人が笑うのは、人間的出来事の中に機械的な抑揚があるからだとしています。その中の一例として、彼はキプロクオ――取り違えを挙げています」

「キプロクオって聞いたことがある。AがBだと誤解されるシチュエーションコメディみたいなものよね？」

「そうですね。通常Aがあるべき場所にBを置く、という機械的な抑揚によって混乱を起こし、笑いを生むものです」

「たとえば？」

「そうですね……たとえば、エレベータを待っている人がボタンを押そうとして手を止めます。赤いボタンだと思っていたものが、ミニトマトだったからです」

冷花は笑い出した。

「アハハ、あなたどうしてそんな妙なたとえ思いつくの？」

あんまり笑い過ぎて腹が痛くなった。彼女は、そんな冷花を不思議な生き物でも眺めるような顔できょとんと見つめている。

　やがて恥ずかしくなったのか俯き、仕切り直すように咳払いをした。

「と、とにかく……仕掛けとしてはじつにシンプルなものですが、そこで笑いが起こるのは、本来Aがあってこそ成立するはずの人間的出来事があるからなんです」

「笑いについてずいぶん精密に考察を加えているのね、ベルクソンって人は」

「ええ。私も弟さんの影響で本を読んで知りました。しかし、たとえばチャールズ・チャップリンの『キッド』が、このような意味でのベルクソンの笑いの定義に収まるかどうかは甚だ疑問ですし、先ほど冷花さんが名前を出したジャン・コクトーも、そのエッセイのなかでベルクソンの笑いの考え方に対しては懐疑的でもありました」

「笑いまで美の領域に入れちゃうなんて、美学者も大変ね」

　冷花の言葉に、彼女は同意を示すように笑った。

「ただ、ベルクソンも指摘していますが、あらゆる〈笑い〉は美と同様に無関心な状態で初めて生まれます。その点で悲劇と対極にあるでしょうね。悲劇は憐憫や愛情を誘ってこそ成立します。言い換えると――同じ状態でも、同情をもって見れば悲劇になり、無関心に眺めれば喜劇になる可能性があるってことなんです」

「つまり、何が言いたいの？」

「仮に何らかのキプロクオがあったとしても、無関心に考えられない当事者にとっては喜劇ではないんです。それを、私の研究対象でもあるポオの短篇で説明してもよろしいですか?」

「ポオの短篇で?」

こちらが首を傾げていると、彼女は深く頷いた。

「『タール博士とフェザー教授の療法』という短篇があります。ご存知ですか?」

冷花が首を横に振ると、彼女は丁寧にもそのあらすじを教えてくれた。

語り手は知人の紹介で、とある精神病棟を視察することになる。その病院は患者の意思を尊重するという鎮静療法に失敗していた。一度は効果を上げたものの患者が反乱を起こしたために、現在は監禁療法に切り替えているのだった。

その晩、語り手はディナーに招待される。だがそこに同席した院長の友人たちはどことなく異様な雰囲気を備えている。やがて彼らはかつてそこにいたという患者の症状を真似し始め、語り手は混乱するばかり。そのさなかに院長が〈タール博士とフェザー教授の精神療法〉を知っているかと尋ね、知らないと答えた語り手の耳に悲鳴が轟く。果たして、悲鳴の正体は——。

「ポオらしいひねりのきいた恐怖譚ではありますミステリ的な面白さという意味ではポオの作品のなかでは五本の指に入るかも知れません」

あらすじを話し終えると、彼女はそう感想を述べ、また続けた。

「語り手の視点を通して、読者は異様な雰囲気の漂う精神病棟の内部に潜入します。そして、結末に至るやそこに、キプロクオが存在したことが明らかになるんです。それはたしかに恐怖を生んでいるかも知れません。けれど、〈タール&フェザー〉が古い時代から存在する拷問であることを知っていれば、読者にはこれを喜劇として読むチャンスが与えられている、とも言えませんか？」

「たしかに——」

この国にとっては馴染みのない言葉でも、ポオのいたアメリカではよく知られた言葉だ。ポオは〈タール博士とフェザー教授〉の名が〈院長〉の口から語られることが、ある種の毒気を孕んだ〈笑い〉を生むことを期待していたとも考えられる。そのタイトルは恐怖と表裏一体の結末の滑稽さをよく表しているのだから。

「これを喜劇と読むか恐怖小説と読むか。テクストに向き合う心理によって、味わいが大きく異なるという点で、ポオのこのテクストは画期的だったと言えるでしょうね」

無機質な六本木の街並みが、ポオの描く精神病棟と地続きのように思えてくる。これが、弟や彼女がいつもやっている研究というもののもたらすトリップ感なのだろう。

「――私は、冷花さんの話のなかにキプロクォが存在すると思うのです」

どうやら、今の長々しい講義は、冷花の話を解体するための序章だったようだ。

「冷花さんはあの日、ある過ちを犯しました。とても小さなボタンの掛け違いです。でもそれが、決定的な悲劇を生んでしまったんです。客観的に見たら喜劇的なことでも、渦中の人間にとっては悲劇にしかならないことが起こっていたんじゃないでしょうか？」

鋭いな、と冷花は内心で考えた。自分は彼女を見くびっていたのかも知れない。大学院生だった頃とは違う。彼女は今、研究者として一回りも二回りも成長を遂げたようだ。

彼女ははぐらかした冷花の態度を、さらに追及せよと取ったらしく、言葉を重ねた。

「淳さんがアパートを出たのは、冷花さんと弟さんが〈ひつじ荘〉を訪れた日の翌日。となれば、あの日に何かがあったわけです。淳さんにとって哀しむべき出来事が。そして、お二人はそれがよく見える最前席にいた。ただ、そこから先は、さすがにわからないんですけど……」

「ああもう、私の負け！　いいわ。ついてきて！」

冷花は諦めてベンチから立ち上がると、歩き始めた。長いこと座っていたせいですっかり身体が冷えている。もう冬も間近か。

「え、どこへ行くんですか？」

遅れてついてきながら、彼女が尋ねた。

「いいからいいから」

向かう先は、さっきまでいた〈東京マンナカ美術館〉。

そこに――すべての答えはあるのだ。

この子はもう、ほとんど真相にたどり着いている。これくらいのご褒美は、謎を出した者の礼儀だろう。

8

十分後、二人は〈東京マンナカ美術館〉の入口にいた。

冷花はニヤニヤしながら指で上方を示した。そこに――看板があった。

〈MIKAMI　詩と絵画展〉と大きな題字。その下に〈元ゴッズ・三上淳がアートを越境する〉という宣伝コピーが躍っている。

その看板を見ても、彼女は一瞬、何が変なのかわからないでいるようだった。

あの日、冷花を危険な目に遭わせた三上が、アート方面でも成功した。それがどうしたというのか、とでも思っているのだろう。

「よく見て、ほら、名前」

そして、彼女は気づいたようだ。両手を口に当てて驚いている。

「どういうことですか？　これ、名前がごっちゃに……」

「ごっちゃにはなってないわ。三上淳と三上洋介《ようすけ》。二人とも苗字が三上だからコンビ名が〈ゴッズ〉。〈かみ〉が二つなのがその由来」

彼女は惜しいところまでいっていた。恐らくあと少しのアイデアで正解にたどり着けただろう。

「さあ、中へ入るわよ」

冷花は先陣を切って館内へと歩き始めた。

受付には美しい女性が一人いるきりで、三上淳らしき男性の姿は見えなかった。さっきはいたのに。

館内を歩きながら彼女が冷花に尋ねた。

「でも、冷花さんがひと目惚れした人は工場で働いていたんじゃないんですか？」

「そもそもそこから錯誤が始まっているようね」

「え？」

「三上洋介は、オモチャのドリルを手にもって言ったのよ。『こうやってウィイインって

「名前――」

突っ込んで、穴を開ける。それが奴の仕事』ってね。相方である洋介の馬鹿げた言動に対し、淳の役どころはツッコミ役としてドリルで頭に穴を開けるふりをして、『あ、からっぽ』と言うことだったの」

「あ、そのギャグ、聞いたことがあります。昔クラスメイトの男子が走り回りながら言っていましたね……」

キュルキュルキュルキュルキュル、あ、からっぽ。そう、当時は多くの子どもたちが彼らの真似をしていたものだ。

「要するに、三上洋介は三上淳が〈ゴッズ〉の相棒だと言いたかったのよ」

「でも……」彼女はまだ腑に落ちないことがあるようだ。「それじゃあ、その後の『工場？』『まあそんなもんだな』って言っていたのは何だったんですか？」

冷花はその疑問が出ることを予測していたので、目を閉じてウンウンと頷きながら話し始めた。

「彼らは漫才もやっていたの。漫才って遡ると案外歴史が古くて、もとは〈萬〉に〈歳〉で〈萬歳〉と呼ばれて、平安時代からある新年の行事みたいなものだったのよ」このあたりは弟から聞いた知識だ。「その頃は口上を述べたあとに、一人が歌や舞を披露し、もう一人が合いの手のように鼓を打つ、という音楽に近い形式だったの」

「それがいったい……」

「わからない？　口上」

「あ！　え……こうじょうってことですか？」

「そういうこと。自分たちがやっているのは、かつての萬歳の延長上にあるものだと言いたかったんでしょうね。きっと彼ら二人の中ではそんな話をよくしていたから、私が〈こうじょう〉と言ったときに、ついそっちの意味にとっちゃったのよ」

日々笑いについて真剣に考えている人間ならではの誤解が生じていたということか。

「チャップリンを目指した三上洋介は監督・脚本・主演・音楽の四足の草鞋を履いてコメディ映画を撮り、三上淳のほうもまた詩、絵画のほかに演劇の世界にも手を広げているわ。二人とも、〈笑い〉を一つの契機としながら、諸芸術で活躍しているの。あなたならわかるわよね？〈笑い〉は芸術を構成する重要なファクターなんだから、コメディアンのなかに優れた芸術家が現れるのはある意味で必然なのよ」

ええ、と彼女は頷きながらも腑に落ちないような顔をしている。

「……でも、一つだけまだよくわからないんです。三上淳さんの職業を勘違いしていたことが、どうして冷花さんの過ちになるんですか？」

そのことか。

「あの日、一人の女性が訪ねてきていたわ。彼女は〈ゴッズ〉というコンビ名で活動しているコメディアンの〈彼氏〉に会いにきた。けれど、その〈彼氏〉はアパートの前で待つように彼女に指示を出していたの」

「それってつまり……」

恋する気持ちはすぐに薄れていったが、それでも冷花はあの日の光景を、これまで何度となく振り返った。そのたびにいたたまれない気分に襲われたものだ。自分の〈過ち〉を思い返して。

「そう。彼女は三上淳の恋人だったのよ。なのに、私はそれに気づかずに、彼が中にいるからと彼女に訪問を促してしまった。私はこの年になるまで鈍感だから気づけなかったけど、弟は淳さんが現れて公園に向かったとき、何か変だと思っていたようね。淳さんが公園で煙草を吸っていたから。今ならわかるわ。薄汚れたアパートだし、べつに禁煙というわけでもなさそうだったのに、アパートに帰らずに公園で吸うのはおかしいものね。つまり淳さんは煙草を吸うためではなく、誰かと待ち合わせをしていて、その時間をつぶすために公園に向かったのよ」

思い出すのは、弟が帰り際に言っていた言葉。

――よかったのかな、部屋には上がられたくなかったのかも。

あれは、淳には彼女にアパートに入ってほしくない理由があるのではないかと仄めかしていたのだろう。だが、まだ幼かった弟にはあの女性の身に待ち受けることまでをすぐに想像できたわけではなかった。

だから、寝る間際にこんなことを言ったのだ。

——どうでもいいけど、まずいことしちゃった気がするよ。

あの言葉は、冷花がしでかしたことのまずさにぼんやりと気づいた弟の、穏やかならざる気持ちが言わせたのだろう。それなら直接的に冷花を糾弾すればいいのに、そうしなったのは、弟の優しさだったのだ。

「待ってください。でも、それがどうして引っ越すことになるんですか？」

「三上洋介がどういう奴だったのか考えれば、わかるはずよ。わからないのだとしたら、よほどあなたは警戒心の薄い人間なのかしら？」

「え……まさか」

彼女が息を呑むのがわかった。その頭のなかにある予測を肯定するように、冷花はゆっくり頷いた。

「三上洋介は、入ってきた女性に手を出したの。なぜ淳さんが彼女とアパートの前で待ち合わせていたのか。淳さんは三上洋介と恋人を会わせたくなかったのね。三上洋介は才能はあるけど、チャップリンと同じく女グセが悪かったもの。ほら、言ったでしょ？　彼、チャップリンを崇め、その私生活までを賛美していたじゃない？」

冷花はそこで微笑み、後ろを振り返った。美術館の入口のところに、受付の女性と談笑する男の姿があった。四十代ぐらいの痩身の男。彼は冷花に気づくと、ゆっくり頭を下げた。

そして、受付の女性も立ち上がってお辞儀をした。

淳はまっすぐに冷花を見ていた。あの日のように。

気づいていないはず。あの頃は、まだほんの少女だったのだ。

ところが――。

「もう危ない街を一人で歩いたりしてないかな？」

覚えていたのだ。

冷花は身体に火がついたように熱くなっていくのを感じた。

「約束は果たせそうになくて悪いけどね」

その言葉を聞いて、目から涙が溢れ出た。

「二度目の来訪だね。何度でも歓迎だよ。楽しんでいってくれよ」

「はい……。ありがとうございます」

冷花はお辞儀をし、背を向けて歩き出した。ああ渡せなかった――と思った。本当はバッグの中に、オモチャのドリルを持ってきていたのに。

でも、きっと彼にとっては必要ないものに違いない。自分がとっておけばいい。初恋の思い出として。天井を見上げ、涙を押し戻す。

「あの女性、もしかして……」

小声で〈付き人〉が言った。

「そうよ、あの時の女性。たった一度のアクシデントで終わる恋もあれば、それを乗り越え――第二幕が始まる恋もある。互いを想い合う心があれば、どんなに苦しくても、いずれは乗り越えられる。笑いには矯正の力があるのよね」

今日、ここへ来たとき、古傷が痛む感覚と同時に、仲睦まじそうな二人を見て清々しい気持ちにもなったのは、そんな笑いの力が、自分にもゆっくり伝わってきたからかも知れない、と冷花は思った。


「いやー、それにしても、黒猫にも子どもの頃があったんですねぇ」

彼女はニヤニヤしながら嬉しそうに言う。

「半ズボンとか穿いてたんですか？」

「……たまにはね。あんまり穿きたがらなかったけど」

「どうしてですか？」

「膝が見えるのが嫌だったみたい」

彼女は吹きだした。冷花もつられて吹きだした。遠い日の弟の姿を思い出す。あの頃はアイツもかわいかったな。

心から笑っているうちに、長らく抱えていた〈過ち〉への後ろ暗い気持ちが消えていた。これもまた、笑いの効用か。

それから、彼女が展示物を眺めながら言った。

「ポオが笑いと恐怖の境目にある物語の舞台として、精神病棟を選んだのも暗示に満ちていますよね。笑いには、時に精神を癒す効果も見込まれています。ジャン・コクトーも言っているんですよ。〈笑いは私から嫌悪感を放逐してくれる。笑いは私を清々しくする〉」

目の前にあるのは、三上淳の描いた絵と詩。

とある作品の前で、足が止まった。

三上と思しき男が、必要以上に目を大きく見開きながら、ドラッグストアの店員と向かい合っているシーンが描かれていた。絵はペン画の落書きみたいだけれど、どことなくユーモラスで優しく、そこに記された言葉も短いながら、笑いの精神に溢れていた。

〈瞬きをやめる薬ください〉

短い語の選択のなかに、今を見つめる瞬間の真面目さと、一方でそれが半歩ズレているような、キプロクオ的なおかしみが混在している。

過去にこびりついた嫌悪感さえも、彼は笑いの力でそっと溶かしてきたのに違いない。

本物の愛を培った二人に、末永く幸せが続きますように。笑いが、過去をも癒しますように。

「ねえ、弟のことだけどさぁ」

冷花は、彼女の顔を見ることなく話しかけた。

「あの子、昔っから好きな子にお土産買ってあるのに、結局ほかの子には渡しても、肝心なその子にだけ渡さなかったりするのよ。気持ちを大切に持ち過ぎちゃうの。あんなにお喋りなのに、口下手なのよ。だからね、とにかく待ってあげて」

「……わかってます」

そう、きっと彼女ならわかっているのだろう。自分も、すっかり小姑のように要らぬ世話を焼いてしまったようだ。

いつかの弟の言葉を思い出す。

――本当の運命は出会った瞬間にわかるし、そのまま離れないくらい強いものだと思うよ。

今、彼が離れないほどの強い運命で結ばれているのが誰なのか。微かに頬を赤らめつつ穏やかな笑みを浮かべている彼女を見ていると、冷花にはそこに答えがあることがわかった。

好きな研究対象のことになると夢中になり、謎には目がない二人。よく似た二人がともに笑い合う時はどんなふうなのだろう。

冷花は目を閉じた。

そうすると、見える気がした。

二人の今に潜む、笑いのセラピーが。

第五話　男と箱と最後の晩餐

The Oblong Box, 1844

■長方形の箱

数年前、わたしはサウス・カロライナからニューヨークまで定期船インディペンデンス号に乗ることが決まっていた。

事前に船を見にいくと、多くの知人が乗船予定であることに驚いた。そのなかに青年画家コーネリウス・ワイヤットの名前もあった。彼は自分と妻、彼自身の妹二人分の予約をしているようだが、不自然なことに四名で三部屋を押さえている。船室には二つの寝台があり、本来ならば二部屋で足りるはずだった。

原因もわからぬまま予定より一週間も延びた出航日。コーネリウスは大きな長方形の箱を持って現れる。それはレオナルド・ダ・ヴィンチ『最後の晩餐』の模写を入れるにふさわしい大きさのように見えた。わたしは箱の中身をコーネリウスに問いただすが……。

1

「これが私たちの最終航海になるのですよ」

　風になびく髪を掻き分けながら、男は優雅な笑みを浮かべて言った。年の頃はまだ二十代か。ミルクをこぼしたように白い肌と整った顔立ちは、いやでもおうでも周囲の注目を集めている。

　蝶ネクタイに青のヴェスト、同じく青の上下スーツに身を包み、海の遥か彼方を見つめる様子は、さながら英国紳士といった雰囲気だ。もっとも、髪も瞳の色も黒いこの男性は、どこからどう見ても生粋の日本人男性であろうけれど。

「東京－徳島を結ぶこの豪華連絡クルーズの運航も、残すところあと一年。私と恋人の同棲生活のほうが、一年ほど早く幕を引くことになったわけです」

　どうやら、恋人と別れる前の最後の航海に来ているらしい。

男はなおも語り続ける。

「私の恋人は、とても気品に満ちた女性でした。華奢な体つきのなかに、確信をもって理想を実現させる強靭な意志と、誰の相談にも快く乗ってやれる優しさとを持ち合わせていました。まったくもう、文句のつけようのない女でしたよ」

何と相槌を打っていいものか曖昧に微笑みを返した。

「さぞ素敵な方なんでしょうね」

どうにかひと言そう付け加えると、男は力強く頷いた。

「そのとおり。あんな女性とは、二度と巡り会えないでしょう」

困った。話を切り上げるきっかけがつかめない。黒猫はどこへ行ってしまったのだろうと、あたりを確認するが、収容人数四百名超の豪華客船の中だから、一度はぐれるとそう簡単には見つからない。

〈ユイットル号〉の出航後、荷解きを済ませ、夜の海を眺めようと二階のウィンドデッキに出たところを、この男性に話しかけられたのだ。

「君は連れ合いが？」

「ええ……あの、同伴者なら」

「君のような美しい女性と恋に落ちた男性が羨ましいね」

「いや、あの、付き合っているわけでは……」

言いかけたとき、ちょうど階段を降りてくる黒猫の姿を発見した。黒猫はこちらへやってきて、男性に挨拶をした。

それを合図に彼は「輝きは一瞬ですぎる。お幸せに」と帽子を脱いで一礼し、二階奥の一等客室へと去っていった。

「誰？」

「さあ……たぶん一等客室の乗客じゃないかしら。恋人と最終航海にいらしたそうよ」

「恋人と最終航海？　どういう意味だ？」

「ううむ。航海を終えたら、別れるとか……かな？　憶測だけど」

「……ふうん」

黒猫は意味ありげに黙った。

「どうしたの？」

「いや。僕は船に乗るとき、彼が乗るところを見たんだ。恋人が一緒にいるようには見えなかったが」

「きっと先に乗ってたんじゃない？」

黒猫はまだ腑に落ちない様子で首を傾げている。

「でもすごいね、黒猫って。乗るときに近くにいた人の顔とか、全部覚えてるの？」

自分にはとても真似のできない芸当だ。

「いや、あの人は特別さ。目立ってたんだ。彼の胸の下あたりまでありそうな大きさの箱を抱えていたからね」

彼は黒猫と同じくらいの背丈に見えた。胸の下あたりまでというと、けっこうな大きさになる。

黒猫は直前まで仕事をしていたらしく、出航時刻ぎりぎりに現れた。一時間も先に船に着いていたこちらは、黒猫の到着をやきもきしながら待つことにしたのだった。

時刻は夜九時。これからゆっくり海を渡って、明日の昼過ぎには徳島に到着していることだろう。

黒猫とこんな船に乗っているのには、もちろんわけがあった。明日の午後三時から、徳島にある女子大学で芸術と科学のシンポジウムが開かれることになっていた。黒猫に招待状が届いたのは当然にしても、まさか自分も招かれるとは思わなかった。

——ポオは科学に非常に興味をもっていた作家でもある。そのポオを美学の視点から解体する君に招待状が届いたのは妥当だろう。たぶん、先日出版した『現代美学の断片思想』の中の論文が高く評価されたのも大きい。

黒猫は淡々とそう評した。嬉しくないわけはない。自分のしてきたことが少しずつ研究の世界で評価され始めている証拠なのだ。

その一方で、黒猫と一緒に渡航という流れになったことに心が弾んでいるのも、隠しようのない事実だった。二年間の黒猫の不在が嘘だったみたいに距離が近づいたのに、以前のように毎日食事をして、時には黒猫の家に上がり込んで――なんて真似ができなくて、まだ数えるほどしか食事も一緒にはしていない。心に、ブレーキがかかる。それでも、心が近づいたと感じられる夜もあった。けれど、次の日になるとその魔法は消えてしまう。

黒猫が忙しすぎるのかも知れない。帰国後の黒猫は、講義、講演、出版、イベント、学会のフルコースを週単位で消化している。これでは業務以外のことを喋る雰囲気ではなくなるのも仕方がなかった。

この旅行が、二人の間に立ちはだかる違和感を取り除いてくれればいい。そんな期待が、心の奥底にあった。

そもそもあのイタリアの夜がいけなかったのだ。

あれ以来、意識のしすぎで、どう接していいかわからないことが増えた。それは、黒猫が帰国してからもそうだ。この先はどうだろう？

「そんなことより、この〈ユイットル号〉では、〈真夜中のディナー〉というのがあって、十一時に三階にあるプレミアム・ダイニングに行くと、この船特製のディナーを味わえるらしい」

「へえ、そうなんだ」

出航時間が遅く、本式のディナーが出せない代わりのサービスなのだろう。

「豪華クルーズのガイドブックとしては発行部数世界一を誇る〈ラン・ド・ボー〉が二ツ星をつけたそうだから、期待もできる」

〈ラン・ド・ボー〉の基準が厳しい話は有名だ。三ツ星はつかない年も多く、二ツ星でも相当難しいと聞く。

「評価は料理一皿ごとに付けられており、とりわけ、子羊のワイン煮に特製ソースをかけた〈ユイットル・スペシャル〉の評価は群を抜いて高い。何でもソースに秘密があるらしくってね」

「……その話を聞いたら、急にお腹が空いてきた」

「ふふ。でもその前に、少し飲まないか？」

「先に？」

「もう九時だ。スターデッキのバーはすでに賑わってるようだったよ」

スターデッキとは三階のデッキのことだ。夏場は最上階四階のオープンスペースであるスカイデッキがビアガーデンとなるが、今の季節は寒くて使えないようだ。

黒猫がお辞儀をして、手を差しだす。

「ご案内いたしましょう」

「……じゃあ、そうしてもらおうかしら」

黒猫に手をとられ、階段を上り始める。

「ところで、さっきあの男性、君に『お幸せに』とか言ってなかった？」

「あ、うん、言ってたね……」

聞いていたのか。

「結婚でもするの？」

「す、するわけないでしょうが！」

「『す、するわけないでしょうが！』」

「真似しないの！」

「なんだ、結婚するわけじゃないのか。すればいいのに」

「え……？」

今のはどういう意味だろう？

変に深読みしそうになる自分がいる。そんなわけはないと思うのに、どうしても言葉のなかにつねに二つの可能性を考えてしまう。自分が臆病だからなのだろうか。

そんなことを考えながら、黒猫とウィンドデッキを歩き始める。つないだ手は温かく、もうすぐ始まる冬の寒さもやり過ごせそうな気がした。

2

あれほど、確信的な一夜を過ごしながら、どうしてこうも心の糸は簡単に絡まってしまうのだろうか。もう何もかも幻だったように遠い。

――あんなにお喋りなのに、口下手なのよ。だからね、とにかく待ってあげて。

先月、冷花さんに言われた言葉がよみがえってくる。それに対して自分は「わかってます」と答えた。

わかっているくせに――何もわかっていない。

気持ちは少しも落ち着かないし、ややもすると不安になる。

そして今宵。自分は、黒猫と同じ船の中でまた夜を越えるのだ。

「席が空いていてよかった」

スターデッキの屋内バーは〈真夜中のディナー〉の前に一杯やろうという人々で賑わい、九割方の席はすでに埋まっていた。

黒猫はリモンチェッロを二杯注文し、ジャケットを椅子の背にかけた。西側の壁にカウンターがぐるりと設《しつら》えられているため、二人並んで窓の外を眺めることができる。

黒猫が隅の席を譲ってくれたので、こちらが左の奥の席に。黒猫が右側に腰かける。

けれど、いつまで経っても黒猫も自分も、話す言葉を見つけられずにいた。せっかく今日のために濃紺のイヴニングドレスを新調したのに、黒猫はまだこちらに視線すら向けてくれない。

沈黙を破ったのは黒猫だった。

「ほら、見てごらん。さっきの男性だ」

黒猫が示した窓の外を見ると、男性がかなり大きな箱を抱えてスターデッキの通路を歩いている。

「あ、あの箱？」

「そう。目立つだろ？」

たしかに大きな箱だ。何が入っているのだろう。脳裏をかすめたのは、話にだけ出てきたけれど、まだ見ぬ恋人の存在。黒猫は乗船するとき、彼が恋人と一緒ではなかったと言っていた。

「君の考えていることはわかるよ。あの箱はなるほど人をしまえそうなくらい大きい。それに、もしそうなら恋人の姿が見えないのも説明がつくしね」

「……可能性としてちょっと考えただけだよ」

どうしてすぐにわかってしまうのだろう？　毎度ながら、黒猫はこちらの心のうちをさらりと読むのだ。

「そして、君がそんなことを考えてしまった背景に、いつものごとくエドガー・アラン・ポオがいたであろうことも、容易に想像がつくよ」

やっぱり。

「でもまあ、何はともあれ」と言って黒猫は運ばれてきたグラスを手にした。こちらも合わせてグラスを持ち上げる。

「今夜は久々にゆっくり話せそうだね」

「そうね。おもに黒猫が忙しいせいだけど」

「忙しかったわけじゃないんだ。ただちょっと忙しいふりをね」

「余計に悪い」

「じゃ、忙しかった」

「もう遅い」

拗《す》ねてみせるが、本当はわかっている。「ふり」なんかではなく、心が麻痺しかねないほどに黒猫が多忙だったことは。

「……話したくても言葉が出ないってこともあるだろ？」

「うん」

「たとえば、今。何か、こう、今ひとつ話しにくいというか……」

驚いた。自分と同じことを黒猫が考えていたからだ。

その理由に、思い当たるところがあった。

「じつは私もさっきから同じことと思ってたんだけど……席、替えてみない？」

「席を？」

「そう。右と左。私が右側にいたほうが話しやすいんじゃないかな」

「……関係ないだろう」

と言いながらも、黒猫はそのとおりに席を交換した。

それから、「ふむ」と言う。

「ね？」

何か、胸のつかえがすっと下りたような感覚があった。あまり意識したことはなかったけれど、考えてみればいつも黒猫が自分の左にいた気がする。そのせいか、立ち位置が反対になるだけで、妙に話しにくかったのだ。

あらためてグラスを持ち、リモンチェッロをひと口。爽やかな甘味と酸味を味わいながら、もうひと口。リラックスしたからか、お酒がついつい進んでしまう。

不意に、出入口のドアが開いて突風が起こる。思わずそちらに目をやった。

先ほど窓の外を歩いていた英国紳士風の、美しい顔立ちをした男性がバーに入ってきたのだ。もう大きな箱を抱えてはいない。彼はこちらに気づくと、にこやかに微笑んだ。

「一杯だけ、相席させてもらっていいかな。大きな仕事の前に少し緊張をほぐしておかなくてはね」

彼はそう言って軽く指先を、小指から順にリズミカルに動かしてみせた。

大きな仕事とは何だろう？

「私の名は、乙矢奏一《おとやそういち》。どうぞよろしく」

こちらも名乗り、握手をかわす。黒猫が尋ねた。

「このクルーズはよく利用されるのですか？」

「第二の我が家と呼べるくらいよく乗った」

「恋人と？」

「そう。いつも一緒だった。彼女は料理が大好きでね」

グルメ好きの女性なら、〈ラン・ド・ボー〉二ツ星のレストランの味ははずせないのも頷ける。乙矢氏のもとにバーボンのロックが運ばれてくる。彼はそれを一気に半分ほど飲んだ。

「〈ユイットル号〉は〈真夜中のディナー〉が売りだと聞いています。さぞ美味しいのでしょうね？」

黒猫の問いに、乙矢氏は深く頷いた。

「もちろんさ。特に今夜は、格別の一品となるだろう。最高の料理とは何か知っているかい？」

黒猫は乙矢氏の顔をじっと見つめてから答えた。

「最高の料理、ですか。さあ、何でしょう？」

「愛する者の魂が込められた、最後の晩餐さ」

その言葉に、不吉な気配を感じた。だが、さすがに口にはできなかった。自分が先ほどの大きな箱のイメージに囚われすぎているだけかも知れない。

「キミたちも、今夜のディナーをぜひ堪能してくれ」

彼はそう言い残すと、残りのバーボンを飲み干して立ち上がり、去っていった。

時刻は間もなく午後十時。ディナーまで残り一時間ある。

「君は先ほどからポオの『長方形の箱』について考察している。このシチュエーションであの話を思い出さないほうが不自然だが、それだけじゃなく、君はほかにもミステリをあれこれ想像しているようだね」

黒猫に隠し事はできないらしい。微かに酔った頭に汽笛が心地よく響く。夜はまだ始まったばかりだ。

3

「『長方形の箱』を思い浮かべるのは、最後の航海、最後の晩餐、とくれば、当然の流れだろうとは思っていたよ」

黒猫はグラスを軽く揺らしながらそう言った。

「まあ……そうかもね」

語り手は、画家のコーネリウス・ワイヤットとその新妻が乗るインディペンデンス号に同船していた。ワイヤットは妻のほかに妹二人を連れてきていたが、客室の数は三部屋。夫婦が組で一つの部屋と考えると一部屋多く予約していることになる。

事情を聞けば、召使が来られなくなったという。代わりのように、ワイヤットは長方形の箱を船に持参している。

その夜に事件が起こる。ニューヨークへ近づいた頃、暴風雨で船が水浸しになり全員に避難指示が出た。ところが、一度は救命ボートに移ったワイヤットは長方形の箱もボートに積み込んでほしいと懇願する。だが、そんな許可は出せるはずもない。

すると、ワイヤットは単独でボートから船へと飛び移ったのだった。果たしてワイヤットの行動の真意とは？

ある意味、究極のホワイダニットとも言える作品である。

「僕が大きな箱の話をしたとき、君がポオの『長方形の箱』を連想したのは自然な流れだった。乙矢氏の存在は、君からすれば『長方形の箱』のワイヤットを具現化したように映ったことだろう」

「ええ。そのとおりよ」

「ところが、さっきの話を聞いて、君はポオの結末とはべつのことを考え始めたようだ」

「……うん。じつは――」

言うべきか迷った。だが、あまりにばかばかしい、とも言えた。

だから、遠回しに言うことにした。

「ホスピタリティ溢れる豪華クルーズでは、しばしば長年のゲストの愛顧に報いるために、そのゲストの心を満たすような特別な料理が出るというでしょ？」

「なるほど。特別な料理がね」

どうやら、黒猫は今の言葉ですべてを察したようだった。

「それはつまり、今夜我々に振る舞われる料理のことだろう？」

「ええ。恐らくは」

こちらの表情を見て、黒猫は顔をほころばせた。

「君はね、ミステリの読み過ぎだよ」

「……そう言われる気がしたから、恥を忍んで言ったのに」

こんなこと、本気で思っていたわけではない。ただ、姿を見せぬ恋人、そしてその連れが今夜楽しみにしている〈最後の晩餐〉という言葉から、ミステリ的な発想をしてしまっただけなのだ。

「いや、着眼点はいいと思うよ。たしかに恋人の魂が料理に込められていれば、どこにも恋人の姿が見えない理由にもなっている」

「うん。ロジカルでしょ？」

「それをロジカルと言えるかどうかはべつにして、大きな箱と恋人の不在の問題を一気に解決させられる魅力的な説であることは認めよう。ただ——」

「わかってる。ありえないもんね」

これについては、なぜありえないかなどと深く説明されるまでもない。ただ、思いついた以上言ってみたくなる推理ではあったのだ。

「君の推理はグロテスクではあるにも拘わらず、〈趣味〉はよかった」

「〈趣味〉？」

「〈趣味〉を意味するtasteの用法の始まりは、グラシアンがスペイン語のbuen gustoを用いたことにある。本来のgustoの意味は〈味覚〉だが、グラシアンは、ことの善し悪しにおける直観的な判断力のことを指している。すなわち、ある種の隠喩としてこの語が選択されているんだ。だから、〈趣味〉というのは本来、隠喩であって概念じゃない」

〈趣味〉が隠喩だ、と言われてもすぐにはピンとこなかった。だが、黒猫の言葉をゆっくり咀嚼するうちに、少しずつ頭に入ってくる。

「でも、今ではもう概念化されているよね？」

「そのとおり。そこには概念へと成立する歴史がある。趣味概念の発達は主にフランスにおいて進んだ。最初にそれに言及したのは、ラ・ロシュフコーだろう」

『箴言集《しんげん》』の人ね？」

「そう。彼は、〈趣味〉という語の曖昧さを指摘し、趣味には〈好み〉と〈良し悪しの識別能力〉の二つの用法があることを明確にしたんだ。さらにヴォルテール、ヒューム、バークといった人々が〈趣味〉の概念を精査し、徐々に現代における用法の輪郭が浮き彫りになっていった」

「ふむふむ。かくして、〈趣味〉は美学における重要な概念となったってわけね？」

「ただし、〈趣味〉は未知の領域には適用されにくい。それゆえ、真の芸術に対して〈趣味〉は関わることができない。それはgustoが味覚という第二性質であり、主観から切り離せない器官だということとも関係している」

たしかに、斬新な芸術を評価するにせよ否定するにせよ、それは趣味の範囲ではない。日本語でも〈趣味〉には〈味〉という字が入っている。本来味覚と結びつけて語られてきた、人間中心的な近代美学の集大成となる概念なのだろう。

「ちょっと待って。今の文脈でいうと、私の推理を〈趣味〉がいいって言ったのは要するに……」

「そう。味覚に絡めた推理だから」

ちょっと喜びかけて損をした。

「でもね、もう一つ理由があるんだ」

「何なの？」

「美食家で知られたブリア＝サヴァランによれば、〈料理人にはなれても、焼肉師のほうは生まれつきである〉らしい。つまり、ここでサヴァランが区分したがっているのは、素材に対する観点でもあると思うんだよね。じつはサヴァランの指摘している〈趣味〉の考え方は素材を見分ける直観性のことで、その用法は古くから存在していたんだけれど、近代になると徐々に薄れていってしまった。僕が言ったのは、この意味での〈趣味〉がいいってことでもあるんだ」

「んん、それで私の推理が、素材を見分ける直観性とどう関係してくるわけ？」

こちらは大きな箱と最後の晩餐から、勝手に想像の翼を羽ばたかせただけだというのに。

黒猫は下唇を親指の腹でとんとんと叩きながら続ける。

「そうだな。たとえば、さっきのポオの『長方形の箱』を読み解く際にも、その意味での〈趣味〉がキーワードになるんだよ」

「え、そんな話だっけ？」

訝りつつも、ワクワクしている自分を見つける。自分の思いもしなかったところから、黒猫は論理を引っ張ってくる。そういう男なのだ。そして、その解釈を聞いた後では、ほかの解釈などありえないのではと思えてしまう。

「ワイヤットがある行動をとるのがニューヨークに差し掛かったときというのは、一つのメタファーだとは思わないか？」

「どういうこと？」

「ニューヨークには何がある？」

「自由の女神はポオの時代にはなかったはずだけど……」

記憶をたどる。自由の女神が建立されたのは、たしかポオの没後だ。

「そう。自由の女神はあの時代にはない。あのあたりは、オイスター諸島と呼ばれていた。オイスター——その名のとおり、牡蠣がよく採れたんだ。欧米人にとって牡蠣は、日本人とは違ってある意味特殊な地位にある食べ物だよ」

「どういう意味？」

牡蠣が特殊な地位にある？　〝日本人とは違って〟とわざわざ強調した言い方も気になった。

「海で獲れるもののなかで、恐らく欧米人が唯一生のまま食べるものだということさ」

盲点を突かれた気がした。自分にとって当たり前でも、海を越えた世界ではそうではない。時代が違えば、さらにその限りではなくなる。それは研究や文献に当たるときに、忘れてはならないところなのに。

「彼らは海で獲れたものは通常火を通さないと食べない。だが、牡蠣だけはレモンを振りかけ生で食べることを喜びとしていた。それは生き物を生で食べない彼らにとって極めて特殊な行為と言えるだろう。とすると、牡蠣は自然のなかにあって、同時に人間の趣味にかなう加工が一切必要ない食材なんだ。ある意味でこれほど完璧な食べ物はあるまい」

そう聞いていたら牡蠣が食べたくなってきた。

お腹まで鳴りそうになる。

「でも、それが何のメタファーになるの？」

「長方形の箱とワイヤットはつねに組となる存在だ。箱と人間――牡蠣の殻とその中身の隠喩みたいじゃないか？　つまり、あのテクストは異なる二つの存在の分かちがたい関係性――運命について語っているのさ」

そんな話だったとは。これまで思っていたテクストが、がらりと印象を変える。自分の研究してきた作品だと、それなりに黒猫の真似事ができるようになったが、即席ではとても敵わない。

「要するに、ニューヨークという舞台を選んだ点で、ポオは素材を〈趣味〉よく精査したと言えるのさ。僕が君の推理を〈趣味〉がいいと言ったのも、まさに君が大きな箱という素材の特性から推理を導き出したことを指していたんだよ。その点で、君の推理は、じつに〈趣味〉がよかった」

「何だか、褒められた気が全然しない……」

「感想を述べただけだからね。僕は褒めるときはもっとはっきり褒めるよ。今日のドレスはとてもきれいだ。ほらね？」

「それ……卑怯……」

酔いが、回ったかも知れない。頭の芯がぼんやりしていた。

と、ちょうどその時、バーにオルゴールのようなメロディが流れた。

「〈真夜中のディナー〉の時間だ。プレミアム・ダイニングへ行こうか。続きはそこで」

黒猫はリモンチェッロを飲み干した。こちらも合わせて飲み干す。喉の奥が熱くなる。

またいつもの調子で、黒猫によって現実の景色が少しずつ変わり始める。

4

バーと同じフロアにあるプレミアム・ダイニングは、パーティーが開けるほど広々とした空間だった。華やかなイヴニングドレス姿の女性たちやタキシードの男性たちが続々と入店するのを、光の花園を思わせるシャンデリアが照らしている。

足元には柔らかなカーペットが敷かれ、まるで雲の上を歩いているみたいだ。

出入口にほど近い窓際の席に、向かい合わせに腰かける。今日はドレスを着ているから、正面から黒猫に見られると、恥ずかしかった。

「本当によく似合っているよ」

「最初に見たときに言ってほしかったですねぇ」

拗ねたつもりはなかったけれど、思ったより怒ったような口調になってしまった。そんな自分を誤魔化すようにグラスを口に運ぶ。

「最初に褒めると、後で会話が続かなくなる」

「前はそんなことなかったと思いますけどー」

「君が大人になったのさ」

黒猫の視線に、鼓動が高鳴った。

そこに、ギャルソンらしき男性が現れた。

「本日はようこそ、〈真夜中のディナー〉へ。お腹は空いていらっしゃいますか？」

「もちろん」と黒猫がにこやかに答える。

「本日のメインディッシュは〈ユイットル・スペシャル〉、子羊のワイン煮の特製ソースがけです。当店シェフ自慢の特製ソースをかけてお召し上がりいただく子羊の肉は、格別でございます」

「楽しみです」心底からそう答えた。

「ではまず、前菜とスープをご用意いたします。しばしお待ちください」

ギャルソンがお辞儀をして去ったのを確認してから、周囲を見渡す。

おかしい。どういうことだろう？

訝《いぶか》っていると、黒猫にその様子を指摘された。

「どうした？　そんなにキョロキョロして」

「いや、乙矢さんがいないな、と思って……」

先ほど、〈キミたちも、今夜のディナーをぜひ堪能してくれ〉と言っていたから、てっきり本人も姿を現すものと思い込んでいた。

「ああ、たしかに、いないね」

嫌な予感がした。

思い出すのは、あの言葉。

――大きな仕事の前に少し緊張をほぐしておかなくてはね。

まさか、彼はこれから何かをする気なのでは？

思い浮かぶのは、あの大きくて長い箱。あの箱の中身は何なのだろう？

前菜がちょうど運ばれてきたが、どうにも気持ちが落ち着かない。

目の前に置かれた前菜とスープは、あくまで本式のディナーではなく〈夜食〉であることを踏まえ、淡白でボリュームも抑えられている。

「乙矢さん、大丈夫かしら……」

食事に手をつけながら言った。それに対する黒猫の返答は素っ気ないものだった。

「心配は無用。まだ何も起こらないさ」

「どうして？」

黒猫は、前菜とスープをひと口ずつ食べ、ナプキンで口を拭った。

「だって彼は言ったじゃないか。『キミたちも、今夜のディナーをぜひ堪能してくれ』って。いずれ彼もディナーを食べに現れる。彼が食事を終えるまでは、君の心配するようなことは何も起こらないさ」

黒猫はまるで取り合おうとせず、さらに暢気《のんき》な調子で続ける。

「まあとりあえず、ゆっくりいただこうよ。このクレソンは今朝、瀬戸内から届いたばかりらしいよ。鮮度のよい有機野菜は塩を振りかけるだけで上質な一皿となる。素材のよさだけでここまでしっかりとした料理にされると、料理人の仕事か神の仕事かわからないね」

黒猫はそんなことを言いながら舌鼓を打つ。彼は料理を作るのも好きだが、食べるのも好きで、それは自分も同じだ。

しかし——目の前にある謎のほうが気になって食事に集中できない。

●あの箱の中身は何なのか。
●なぜ乙矢氏の恋人は姿を見せないのか。
●なぜ乙矢氏はディナーに現れないのか。
●なぜ今夜の料理が「特別」なのか。

こちらが考えこんでいるうちに、楽隊の演奏が始まる。

それに合わせて、ギャルソンがマイクを手に取った。

「この度は本クルーズをご利用いただきありがとうございます。今夜皆様にお届けする〈ユイットル・スペシャル〉は、特別な料理です――と言っても、これまでの〈ユイットル・スペシャル〉と何かが変わったわけではありません。ただ、ひと言言えるのは、お客様は本日たいへん運がいいということです」

特別なのに、これまでと変わらない？　まるでなぞなぞではないか。首を傾げていると、その種明かしをするかのようにギャルソンは口を開いた。

「じつは、本日限りで、これからお出しする子羊のワイン煮にかける特製ソースが終わりになるのです」

場内にざわめきが起こる。

こちらはこっそりと謎を一つ加える。
●なぜ特製ソースは今夜で終わってしまうのか。

乙矢氏の謎が二つ、料理の謎が二つ。そして大きな箱の謎が一つ。計五つの謎は関係があるのだろうか？

料理のほうはたまたまかも知れないが、それにしては偶然が重なり過ぎている。

プレミアム・ダイニングの最奥にあるステージからは、チェロの四重奏が聞こえてくる。

それを聴きながら、黒猫は目を閉じてこう呟いた。

「エイトル・ヴィラ＝ロボスの《ブラジル風バッハ》第一番。八本のチェロで演奏されるチェロアンサンブルだね」

「ブラジル風？」

「ロボスはブラジルの音楽家だ。その才能は限りなく自然体で、奔放にして洗練されていた。クラシックのアカデミズムに固執せず、ジャズもポピュラーもブラジルの民族音楽もそうあるべきもののように織り交ぜられている。まるで、加工を一切必要としない牡蠣のごとき才能の煌《きら》めきだ」

黒猫の講釈を参考にしつつ、目を閉じて音色に耳を傾けてみる。深みのあるチェロの音色を聴いていると、黒猫の言うとおりまさに天衣無縫の音楽に思えた。

「チェロだけの演奏っていうのも珍しいわね」

「ロボスがチェリストの出身だったからね。この楽曲では、特にバッハによる《無伴奏チェロ組曲》を意識しているようだね。バッハのそれはかなりの難曲と言われている。独特の間があり、それがイマジネーションを刺激する。バッハはチェロという楽器に無限の可能性を見出していたということがわかるし、恐らくロボスはチェリストだったからこそ、その楽曲の魅力をよく理解し、さらに自分で深化させていこうと考えるようになったのだろう」

「芸術家の時空を超えたコミュニケーションね」

「そう。チェロは本来は比較的音域の限られた楽器だが、ハーモニクス奏法を用いることによって非常に音域が広くなる。その結果としてチェロだけのアンサンブルが生まれるようになったと言える。さっきの話ではないが、チェロという素材の特性を見抜く判断力をもった、〈趣味〉のいい音楽家によってね」

「ふうん……」

「まさに、今夜のようなディナーにはふさわしい演奏だ。深みのあるチェロの音色が、皿の上で素材たちが出会うように濃厚に絡まり合う」

黒猫はスープの最後のひとすくいを口に運んだ。

「実際、作曲家のなかには、初めから譜面と向き合う者もいれば、楽器をつま弾きながら考える者もいる。ピアノで作った曲とヴァイオリンを弾きながら作った曲では、おのずと作曲法が異なってくるし、そういうのは音楽愛好家たちならすぐに聴き分けることができるだろう。だから、この《ブラジル風バッハ》第一番は、チェロという楽器の想像力がもたらしたものだと言える」

「楽器の中に内在するイデアを見分けて引き出すのもまた、〈趣味〉というわけね？」

「そういう使い方もできる」

二人の皿が空になったのを見計らったように、メインディッシュが運ばれてきた。

「子羊のワイン煮の特製ソースがけです。牡蠣をクリームと一緒に高温で煮込み、天然塩で味付けして四日間寝かせたシンプルなオイスタークリームソースです。火加減、匙を回す回数、塩を入れるタイミング、寝かせる時間、冷ます時間などをすべて、シェフが自らのタイミングで、細かく、ほっそりとした手でしなやかに行なっていたことです。どうぞ、じっくり味わってください。これが――当クルーズでお出しできる、最後の特製ソースになります」

ギャルソンがソースを注ぎ入れるその手つきは、祈りでもするように、丹念だった。

ギャルソンが去るのを待ってから、その子羊のワイン煮にフォークを刺し、ナイフで一口大に切り分け、口に運んだ。

最初にオイスタークリームソースのまろやかなコクのある風味が舌を包み、次いでワインで煮込まれた濃厚な肉の脂が口内に広がった。身体の奥底を揉み解《ほぐ》し、そのまま脳まで包み込まんばかりの圧倒的味わいだった。

「何、これ……」

「素晴らしい。文句のつけようがないな」

それからは二人とも無言でただ肉を切っては口に運んだ。そのあいだも、チェロの音がフロアに響き、オイスタークリームソースと相俟《あいま》って、音楽が味を高め、味が音楽を高めるようにして混ざり合った。

料理と音楽の舞踊は、まさに幸福を至福へと押し上げるのに十分な効果を持っていた。残すところデザートとなった時、演奏は第二番へと移った。チェロの音の数が減り、サクソフォンのうねるような音色がメインになる。

と、その時、窓の外から叫び声が聞こえてきた。

「離したまえ！」

思わず、席から立ち上がった。声が、乙矢氏のものであることに気づいたからだ。黒猫があきれ顔ながら、一緒に席を立つ。

何が起こっているのだろう？

二人でスターデッキへ出ると、あろうことか、まさに乙矢氏が箱を海へ放り投げようとしているではないか。

「やめるんだ、乙矢君！」

止めているのは、乙矢氏の知人らしき男性。だが、乙矢氏はそれを振り切って箱を海へと落とした。

「これでいいんだ。もう何もかも終わったんだよ。これが、最後の航海だからね」

乙矢氏は微笑んだ。

黒猫は淡々とした調子でこちらの肩を掴み、耳元で囁いた。

「戻ろう。デザートがくる」

「でも……」

黒猫は一つため息をつくと、乙矢氏に向かって呼びかけた。

「乙矢さん、あなたももうディナーを召し上がりますよね？　一緒に行きませんか？」

「……ありがとう。しかし、ここでともに時を過ごした愛すべき存在を弔ってから行きたい。先に行っていてくれたまえ」

乙矢氏は名残惜しそうに海を見下ろした。

黒猫はその言葉に小さく一礼すると、行こう、と言ってこちらを促した。

不穏な気持ちのまま黒猫に従って中に入る。

もう一度だけ振り返ると、乙矢氏はじっと海面を見つめていた。そこに愛しい人の姿を見ているかのように。

海面を、ただ静かに風が吹き抜けていった。

5

「あの箱、海から引き揚げなくていいのかしら？」

デザートにブドウをたっぷりとあしらった〈黒い真珠のパフェ《パルフェ・ド・ペルル・ノワール》〉を食べながらこちらが口火を切ると、黒猫はパフェに愛おしそうにスプーンを差し込みながら言った。

「どうして？　そりゃあ、あまり褒められたことではないかも知れないけどね」

まるでそんなことどうでもいいと言わんばかりの口ぶりだ。大好物のパフェの前では、大きな謎も一回り小さく見えてしまうのだろうか。

「だって彼は『愛すべき存在を弔ってから行きたい』と言ったわ。つまり、大きな箱の中には……」

「たしかに〈愛すべき存在〉が入っていたよ。でも一方で彼は、今夜の料理に〈愛する者の魂〉が込められていると仄めかした。だとしたら、少なくとも彼の恋人の魂は、いまもこの船の上にあるんじゃないか？　実際、彼はまだディナーにありついていないのだから」

「あれは私たちの目をくらますための発言だったのかも」

「大した目くらましになっていないよ」

「それはそうだけど……」

こちらが言い返せないでいると、黒猫はいちばんてっぺんのブドウを口に入れた。

「かなり甘みの強いブドウだ。ソフトクリームも新鮮だし、パフェの名にふさわしい」

一人でパフェに感じ入っている。

「大きな箱のことは脇に置いておくにしても、乙矢氏の恋人は亡くなっていると思うの。だって現在までどこにも姿が見えないのはどう考えてもおかしいもの」

「亡くなっているだろうね。病気か事故かは知らないが。ただし、四日前まで生きていたのは確かだろうけど」

興味なさそうに黒猫は言って、次なるブドウを口に入れる。「やっぱり最後の晩餐はパフェがいいな」などと呟いて目を細める。

「なぜ四日前は生きていたなんてわかるの？　恋人の魂云々っていうのは何のことなの？」

腹立ち紛れに問いを重ねた。こちらが真剣なのに、こんな悠長な態度ってあるだろうか。

「だから、それならさっき僕たちがいただいたじゃないか」

「え……」

蒼ざめているこちらを見て黒猫はおかしそうにかぶりを振った。

「違う、そっちの意味じゃなくて。僕たちは彼女の魂が込められた一品をいただいたのさ」

「彼女の魂が込められた一品……？」

言っている意味が、すぐには飲み込めなかった。ほんの少し言い方を変えただけではないのか。

だが、黒猫の口元に浮かぶ微笑を見るうちに、はたと気づいた。

魂が込められた一品。それはつまり――。

「もしかして、彼女が手掛けた一品って意味？」

黒猫は、ゆっくりと頷いた。

「子羊のワイン煮にかける特製ソース。ギャルソンは、あのソースを手掛けられるのはこの店のシェフだけだと言った。その性別には言及しなかったが、〈ほっそりとした手でしなやかに〉という表現からは、シェフが女性であることが感じられた」

思い出した。ギャルソンの言っていたことを。

――火加減、匙を回す回数、塩を入れるタイミング、寝かせる時間、冷ます時間などをすべて、シェフが自らのタイミングで、細かく、ほっそりとした手でしなやかに行なっていたことです。

同時に、乙矢氏が最初に会ったときに言っていたことも思い出す。

――華奢な体つきのなかに、確信をもって理想を実現させる強靭な意志と、誰の相談にも快く乗ってやれる優しさとを持ち合わせていました。まったくもう、文句のつけようのない女でしたよ。〈ほっそり〉と〈華奢〉。体型的にも、両者の特徴は合致している。

「それじゃ、あのソースを作ったシェフが、乙矢氏の恋人？」

「言っていただろ？　『いつも一緒だった。彼女は料理が大好きでね』って。そしてそのソースは四日寝かせて作る。少なくとも四日前は生きていたはずと僕が思うのはそのためさ」

眩暈《めまい》がする。べつに船が揺れたわけでもないのに。

「てっきり、グルメ好きな恋人なのかと思った」

「それなら食べるのが好きと言うはずだ。料理が好きだと言ったんだ」

あの時の黒猫と乙矢氏のやりとりを思い出す。

――このクルーズはよく利用されるのですか？

――第二の我が家と呼べるくらいよく乗った。

――恋人と？

――そう。いつも一緒だった。彼女は料理が大好きでね。

今ならわかる。恋人の料理好きは、クルーズにずっと乗っていた理由として述べられているのだ。

「つまり、乙矢氏の恋人が、この〈ユイットル号〉のシェフ……」

「そして、彼女は何らかの事情で急逝した。特製ソースが今日限りで終了するのは、作りおきが尽きるからだろう」

「それじゃあ、どうして乙矢氏は、ディナーの席にいなかったの？　恋人の最期の特製ソースなら、いち早く食べたいと思うはずよ」

「その理由は彼自身が僕たちに説明していたはずだよ」

「説明？」

そう言われて思い当たるのは、あの台詞しかなかった。

――大きな仕事の前に少し緊張をほぐしておかなくてはね。

けれど、あんな抽象的な説明では何も要領を得ないではないか。

「大きな仕事をしなければならないって言ってたけど、大きな箱を海に捨てることがそんなに重大な仕事だったの？」

「違うよ、箱を捨てたのは仕事じゃない。彼はディナーの時刻に何か職務に就いていたのさ」

「職務……何の？」

彼はディナーの始まる直前までバーで酒を飲んでいたではないか。

それとも、客室に籠もって何か仕事をしていたのだろうか？

仮に彼が何かしらの仕事を船の上で続けていたにせよ、楽しみにしていたディナーのあいだくらい手を休めればいいではないか。

それなのに、彼はディナーの時間に限って姿を消してしまったのだ。

こちらがお手上げであることを示すと、黒猫はバニラアイスをひときわたっぷり口に運んでから言った。

「その答えは、彼がなぜあんな大きな箱を抱えていたのかにつながっている。あの箱はだいぶ年代物だった。彼にとって大切な、あるものをしまうのにふさわしいアンティークの箱だったんだ」

「だから、何が入っていたの？」

黒猫は意味深な表情を作りながらスプーンを指でくるくると動かした。

「ディナーの前にもっとも忙しいのは料理人。ではディナーの最中に忙しくなるのは？」

「ギャルソン？」

「ほかには？」

「ほか……」

「このクルーズ限定でもう一度考えてごらん」

その時、脳裏に浮かんできたのは、役職ではなく、美しい音色だった。さっき聴いたばかりの演奏。《ブラジル風バッハ》第一番。

「もしかして、演奏者？」

「ご名答。楽器演奏家にとって、そのケースは楽器と同じくらい大事なもの。ちなみに、あの楽曲で使われていた楽器は？」

「チェロ……そっか……チェロなら、かなり大きいから……」

「乙矢氏がわざわざ古い時代のチェロケースを持っていたのも、彼が伝統を重んじるチェリストだったからだ。ディナーの前にあのケースをもってスターデッキを歩いていたのも、プレミアム・ダイニングに楽器を持ち込むためと考えれば納得がいく」

頭のなかで積み上げていたイメージが、音を立てて崩れ始める。

「乙矢氏の胸の下あたりくらいの高さの箱といったら、その時点で僕はチェロかなと思っていたよ。それを確信したのは、彼が『少し緊張をほぐしておかなくてはね』と言いだしたときだった。あのとき、彼は同時に指先を器用に動かしていた。だから、僕は彼が指先の緊張をほぐすためにアルコールを必要としていると踏んだんだ」

「指先の緊張……」

思い出した。乙矢氏がバーに現れたとき、指をリズミカルに動かしていたことを。あれは、これから演奏をするためのウォーミングアップの動きだったに違いない。

「だから彼の言う〈大きな仕事〉も、指先を使うものだろうと推察した。そこに加えてあの大きな箱が脳裏をよぎった。そして、演目が《ブラジル風バッハ》であると知ったときには、もう彼がチェリストだとしか思えなくなった。

第二番の演奏が始まると、彼は〈仕事〉から解放された。もうチェロが八人も要らないからね。僕らがデッキで見かけたのは、文字どおり一仕事終えた彼だったのさ。そして、恋人を失った彼は、このクルーズを最後に船を降り、チェリストとしての自身にもいったん幕を引くつもりでいた。だから、弔いのためにチェロをケースごと海に落としたんだ」

「勿体ない……」

そこまでしなくても、と思った。だが、黒猫は首を横に振った。

「恋人なき今、自分と恋人を船に結びつけていたものとして、チェロは大いなる意味をもつ。だから、そのケースも一緒に捨てることは、恋人の棺を海へ落とすような、神聖な行為だったんだよ」

頭のなかに、牡蠣の分かちがたく結びついた上下の殻のように寄り添い合う男女の姿が浮かんだ。恐らく若くして亡くなったであろう女性のシェフと、その恋人であるチェリスト。

今夜、牡蠣は海に帰った。

「天然的趣味のよさが牡蠣にも、あるいはあのチェロの音色にも同時に見られる。二人は、きっと意思疎通のよくできた相思相愛のカップルだったのだろうね。彼女の作った特製ソースで子羊の肉を食べながら聴く演奏は、まさにあの料理と一体となっていた。まるで、二人がゲストたちのために最後に手と手を取り合っているみたいに」

名も、その姿すらも知らぬ女性が、瞼の裏に浮かぶ。そして、彼女と手を取り合う乙矢氏の眼差しは、二人の時間を慈しむようにうっとりとしていた。

見方を少し変えると、そこに美しい世界が広がり始める。さっきまでの男と箱というミステリアスな組み合わせから、恋人同士の魂がもつ、薔薇色の絆に。

今夜、乙矢氏はどんな思いで演奏していたのだろう？

そう思っていると、次なる楽章が闇夜に聞こえてきた。

黒猫はその音色に身を委ねるように目を閉じ、最後のパフェを口に収めた。

珈琲を飲み終える頃には、夜はいよいよ深まり、瞼も微かに重たくなってきた。明日は徳島でのシンポジウム。そろそろ休まなければ。

「部屋、戻る？」と黒猫に尋ねた。

「そうしよう。飲み直そうか？」

「え、明日シンポジウムなのに、大丈夫？」

「アルコールが残っているくらいのほうが饒舌でいいかも知れない」

クスリと笑う。黒猫もふふっと笑みをこぼした。

一緒に部屋で飲む。三年前によくそうしていたみたいに？

それとも——イタリアの夜のときみたいに？

きっとそのどれとも違う。黒猫の目を見れば、わかること。それでもできる返事は、一つしかないのだ。

「じゃあ、飲もっかな……」

それから二人で、乾いた風の吹きつけるデッキを歩き始めた。《ブラジル風バッハ》の演奏が、いつまでも背後から聞こえてきた。

本質的に直観される味覚のように、どんな場所からでも自分たちの生きた軌跡はきらきらと輝き、しっかりと胸に刻み込まれているに違いない。

今宵の音楽と料理の幸福な出会いが、そう教えてくれた。

客室へと向かいながら、まだ二人の航海は続いているのかも知れない、と思った。

乙矢氏の心のなかで、音楽が鳴りやむまでは。

第六話

涙のアルゴリズム

■メルツェルの将棋差し

Maelzel's Chess-Player, 1836

十八世紀に注目を集めていた、チェスを指す自動機械人形について考察したエッセイ。「魔術師」や「鴨」といったほかの自動機械人形を例に出し、「将棋差し」はそれらより数段優れている——ただし、それが本物の機械ならば、と述べているように、ポオはそのからくりに疑いを抱いていた。

チェスというゲームの性質、機械人形の下にある箱の構造から、「将棋差し」は本物の機械ではなく、人間が中に入って動かしているのではないか、と分析していく。

実際「トルコ人」という名称で有名なこのからくり人形は、中に人間が入っていたことがのちに明らかになった。

1

考えるなと念じるそばから考え始めてしまうのは、よくない癖だった。クリスマスを指折り数える十二月の冷え込んだ朝、母が検査入院をすることになったのだ。

——お医者さんが用心しているだけだから、心配要らないわ。

母は気丈に言ったけれど、不審な点がなければ検査入院などするわけがない。もっとも、精密検査の結果が出ていない現状では、こちらが何を考えたところで意味はない。けれど、よからぬ想像は、考えまいとすればするほど心を蝕《むしば》んでいく。

これまで、母一人子一人でやってきた。母を頼っている意識はないが、入院と聞いて、寄りかかっていた大木が消えたような不安に襲われた。黒猫には何も言うまい、と思っていた。言えば、弱音を吐いてしまうのは目に見えていたからだ。唯一、唐草教授にだけは、時折早退させてもらう都合上、打ち明けていた。

――とにかく無理をしないように。君は何でも自分で解決しようとしすぎるところがある。困ったことがあったら、周りを頼りなさい。我々は一緒に働く同志なんだからね。

――ありがとうございます。

――特に君が付き人を務めている友人は、誰よりも親身になって君を助けてくれるはずだよ。

そう言われても、簡単には頼れないのが人間というものだ。

それから数日後、黒猫に唐突に言われた。

――何か最近、暗いね。

――そ、そうかな……。

――何も話さない。話すことがないんじゃなくて、話したいことが大きすぎて喉につかえている感じだ。

さすがは黒猫。さらりとこちらの本心を見抜いてしまう。

迷いつつ観念して口にしようとした時、黒猫のケータイが鳴って、会話を唐突に終わらせてしまった。

そして、四日経った現在――黒猫はこの国にいない。電話を受けてすぐ、一泊三日でパリへ向かうことになったのだ。

街は徐々にクリスマスの色に染まりつつある。気がつけば、明日はクリスマス・イヴ。

けれど、気持ちはそれどころではなかった。

黒猫がこの国にいない状況にはもう慣れているはずだった。ところが、今回ばかりはそんなふうに簡単に割り切れない。母を見舞う曇天のごとき心に、黒猫の不在は想像以上にこたえていた。

それには、黒猫がパリへと旅立った理由も関係していた。

黒猫のパリ留学中の恩師、ラテスト教授が亡くなったのだ。こちらもアバターを通して一度コミュニケーションを図り、大らかな人柄にわずかではあるが触れていたため、その訃報には胸が痛んだ。と同時に、母に死の影が忍び寄るのも遠い未来の話ではないと思うと、検査結果を待つ日々の不安に拍車がかかったのも確かだった。

もっとも、ラテスト教授の死期については、以前からある程度覚悟があったようで、黒猫は「来るときがきた」と言っていた。唐草教授は、一も二もなく黒猫に休暇を与え、パリへ飛ぶように取り計らった。本来なら、かつて熱く議論をかわし合った同志として、唐草教授こそ一目散に駆けつけたい思いはあっただろう。だが、彼は大学内の雑務に追われ、身動きが取れない状態だった。

黒猫もスケジュールが空いていたわけではなかった。彼にはある依頼が舞い込んでいたのだ。

その案件が——自分がいままさに降り立った大岡山にある、大都工科大学人工知能研究センターで待っている。

北風が耳を痛くする冬空の下、駅と一体化した近未来的なキャンパスを進んでいくと、ドーム型の建物が見えてきた。

大きく息を吸いこむ。空気はからりとしていて、心の奥の湿り気まで消してくれそうだ。ゆっくり息を吐きだすと、白い息がもわりと上がった。何も考えるな。自分が考えても何も変わらない。そう念じながら、エントランスに向かって歩き始めた。

2

——君、試聴比較実験に興味はないか?

黒猫が唐突にそんなことを言ったのは、四日前の電話の後のこと。ラテスト教授の葬儀への参加が慌ただしく決まると、黒猫は早速といった感じで、カフェ・ゴドーにこちらを呼び出して尋ねた。

テーブルの上にはいつものように珈琲とパフェが載っている。ただし、この日のパフェはこちらのために用意されており、黒猫は反対に珈琲を飲んでいた。どうして珈琲なのかと尋ねると、〈喪に服しているのさ〉という妙な答えが返ってきた。

――試聴比較実験？

――今度、人工知能《AI》の作った音楽と人間の作った音楽を聴き比べるテストがあるんだ。

ＡＩの技術の進歩は目覚ましい。スペインのチームが、ＡＩのプログラミングした音楽を人間に演奏させるプロジェクトを行ない、数年前には音源化もされている。だが、それは前衛的な音楽に限られていた。

――そういう音楽なら、評価が分かれやすいから正確なところはわからないわね。

実験音楽家ジョン・ケージのアルバムを数度聴いたことがあったが、うまく音楽として捉えられなかったから、人工知能がどれほど人間の能力に迫ったかを計るには不向きでは、と思ったのだ。

――そうなんだ。だが、荒畑瑞子《あらはたみずこ》教授の率いる大都工科大の人工知能研究チームが目下取り組んできたのはジャズなんだ。

――つまり、単純に良し悪しがわかりやすく、その分マーケットも大きくなる可能性がある、ということね。

――察しがいいじゃないか。

前衛的な現代音楽なら、難解だからマーケットで評価が分かれても仕方ないが、ジャズではそうもいかない。

――今回の試聴比較実験では、現代ジャズシーンを席捲する弓月馨《ゆづきかおる》が二十四時間で作曲した新曲と、ＡＩが八分で作り上げた新作との比較を行なう。

——どうやって八分間で作ったと証明するの？

——じつはその証明として、僕の代わりに立ち会ってもらいたいんだ。

——私が？

——君は僕の付き人で、僕が厚く信頼を寄せる研究者の一人だ。

——……どうやって立ち会うの？

——試聴比較実験の開始八分前に荒畑教授の研究室に顔を出し、ＡＩに今回の課題曲のテーマがまだインプットされていないことを確認する。もっとも、そのあたりは荒畑教授が現場で誘導してくれるから、君自身が何かをする必要はない。八分間で作り出した事実を確かめること自体は些細な作業に過ぎない。問題はできあがった音楽を鑑賞し、評価することだ。

——私、音楽はそんなに詳しくないよ？

——工学の研究補助をしろというわけじゃない。美学者として毅然とした態度で臨んでくれればそれでいいんだ。大丈夫、君を含めてテスト参加者は五名いて、それぞれが自身の見地から判断するんだから。

——わかったわ……。でも弓月馨さんって私でも名前を聞いたことがあるくらいだから有名な方なんでしょ？　よく実験のための作曲なんか引き受けたね。今回が初めてなの？

——いや、二度目らしい。一年前に荒畑研究チームが弓月氏に依頼したときは、〈ジェニー〉というＡＩが惨敗した。テスト参加者からは音楽の域に達していないと酷評されてね。だが、前回の失敗から一転、荒畑教授は勝利を確信しているようだ。

研究者たる者、自分の研究成果には自信をもつものだろう。だが、こと芸術の領域においては自身の感覚と実態とのあいだにズレが生じやすいものである。理化学系の研究分野が芸術の領域を侵食すれば、当然、芸術的失敗というズレを体験することになる。

——でも、人工知能が芸術を創るなんて可能なのかしら？

——各分野の自動生成システムはかなり向上しているから、いつそうなってもおかしくないところまではたどり着いていると思う。人工知能は驚くべき速度で人間性を習得しつつある。実際、音楽生成システムを利用する作曲家は増えているし、イラストや映像の制作プロセスは今やコンピュータと切り離せなくなっている。いずれは生身の芸術家と肩を並べて芸術を創り出す日もくるだろう。

意外な言葉だった。黒猫は美を人間に固有の概念だと考えているとばかり思っていたのだ。だから、ＡＩに負けるわけがない、と。だが、黒猫はあっさりとＡＩが芸術を侵食する可能性を示唆する。

——その時には私たちはそれを芸術として享受するのかしら？

——だろうね。その頃には芸術というものの概念が変わるはずだ。

——概念が変わる？

——これまでのところ、芸術は人類の人間性を証明する領域でもあった。何しろ、芸術の語源でもあるギリシア語の〈テクネー〉は〈人工の〉という意味だ。人間が産出することが芸術の絶対条件でもあった。自然の景観を〈大地の芸術〉と表現することもあるが、それはあくまで〈自然がまるで人工のものであるかに見える状態〉を指している。

——じゃあ、人間性が人工知能に飲み込まれてしまうと、どうなるの？

——当然概念が変わらざるを得ない。人間性自体がコンピュータに管理され、淘汰されるようになった時、芸術が人の手によるものである必然性は、まず享受の側面から失われていくだろう。

黒猫の言わんとしていることは理解できた。芸術を享受する側は、作品が芸術として成立してさえいれば、担い手が機械か人間かということは、いずれ問題にしなくなるのだろう。

——でも何か不純に感じちゃうね……。

率直な感想だった。ことの善し悪しとはべつで、本能的にそう捉えてしまうのは、未来のコンピュータ社会に危機意識が働くせいだろう。黒猫は「不純じゃない。真剣に考えるべき課題だ」と続けた。

——これまでは天才が芸術の世界に君臨していた。だが、これから先、コンピュータと天才の能力が互角になった時に、絶対的に天才がＡＩには敵わないことが二つある。時間とコストだ。

――時間と、コスト。

――ＡＩはハイクオリティの作品を短期間で制作するようになる。もしも芸術家と遜色ない出来栄えをＡＩが安価で提供できるようになれば、芸術家の作品をわざわざ求める需要自体が、ゼロにはならないまでも、激減するのは間違いないだろうね。

恐ろしい話だった。それは芸術家にとって地獄の世紀の始まりではないのか。だが、黒猫はそうは思っていないように続けた。

――でもね、そもそも芸術って、コストと時間の必要性に突き動かされてきたものでもあるんだよ。

――そうなの？

――たとえば壁画の設計図を、三十人の凡人があーでもないこうでもないと考えるより、ラファエロひとりが考案して当時の職人に作業させたほうが何倍も効率がいい。仮にＡＩが今後天才に近づくのなら、コストパフォーマンス上は少なくともＡＩに軍配が上がるようになるだろう。

――それじゃあ……芸術はＡＩの作品が大半を占めるように？

――べつにかまわないいんじゃないかと思うよ。

黒猫は苦虫を嚙み潰したような顔で珈琲を飲む。

――芸術と一括りに言ったたって、全部が全部優れているわけじゃない。八割をＡＩが担ったところで何も問題はない。それに、人間の発想の仕方も、ＡＩの参画によって変わるはずだよ。

――どう変わるの？

――コストパフォーマンスの面を一切考える必要がなくなるのさ。そんなものはＡＩに勝てるわけがないんだから。現に映画でもアナログの部署は解体され、ほとんどがデジタルに移行しているのが実情だ。ここにＡＩが侵食してくるのは時間の問題だろう。すると、さまざまな可能性が出てくる。現在、芸術はつねに時間と費用の無言の圧力下に置かれている。人類がその制約から解き放たれていたのは、ギリシア時代くらいじゃないかな。もしギリシア時代の芸術の感覚に戻れるとしたら、人類にとってありがたいことでしかないはずだよ。

それから黒猫は、話が逸れたね、と言った。

――僕が人工知能の芸術参与に関する研究に積極的に協力しようとしているのは、結局人類の芸術の未来のために避けて通れない道だからなんだ。ＡＩにいま何ができ、これから何ができるようになるのか。彼らに達成できない部分はどこなのか。人間性の深化とＡＩの人間化はイタチごっこにならざるをえない。だからこそ面白いんだ。

不思議な気持ちだった。AIが芸術に関わると聞いた瞬間、こちらは恐怖しか覚えなかったのに、黒猫はその現象を面白いと言う。まだまだ黒猫の域に達することはできない。

――それにAIと芸術の問題は、君の研究対象たるポオも大いに興味を持っていたことでもあるんだよ？

――ポオが？

――彼は「メルツェルの将棋差し」という有名なエッセイで〈トルコ人〉と呼ばれるチェスを指す自動人形のからくりについて推理を繰り広げている。あれが書かれたのは、デュパン第一の事件「モルグ街の殺人」が書かれる五年前だ。後に「マリー・ロジェの謎」を書くきっかけの一つでもあったはずだ。

――ああ……。

「メルツェルの将棋差し」はエッセイの形式で書かれたものだ。ポオの時代に、〈トルコ人〉と呼ばれるチェスの強い自動人形が実在した。後半にいくほど一手先を読む複雑性が増すと言われるチェスにおいて、機械が人間に勝つなどということが実際にありえるのか、という疑問から出発し、ポオはその正体を看破してみせている。

黒猫は次のように続けた。

──現実をふまえると、ポオの解釈は誤っていたわけだけれど、部分的には当たっていた。でもそんなことはどうでもいい。あのエッセイは素材としてすでに成功しているんだからね。ポオは人間と機械を対峙させ、〈トルコ人〉がチェスの勝負に必ず勝つわけではないことを根拠に人間の関与を推察していく。そこには、人間が不完全な存在で、機械こそが完全な存在だという言外のニュアンスが読み取れる。このエッセイの肝は機械の理想と人間の現実との対比だ。

ポオにとって、機械の最終目標は人間性をまるごと飲み込み、超越することにあるのだろう。その高等性はもはや自動人形の域にはなく、AIを思わせる。ポオが暗に将来的なコンピュータの出現を仄めかしていたのは明らかだ。

──なるほど。ポオが自信過剰になって誤った推理をしたと思っていたけど、着眼点を変えるといろいろ発見があるのね。

そういうこと、と言いながら、黒猫は「ひと口もらうよ」とこちらのパフェをスプーンですくって食べた。それから、「冬のパフェというのもいいものだね」と満足気にのたまう。一年中パフェを食べているくせに何を言う。

──とにかく、君にも絶対にフィードバックのある実験だから、積極的に参加するといいよ。

黒猫はこちらの口にパフェを入れた。バニラアイスの甘みが広がる。

——歌うよりは、聴く才能がありそうだ。

以前、こちらがあまり歌を得意としていないと知りながら、それを強要した過去があったことを思い出し、睨みつけた。黒猫は笑顔で受け流し、頼んだよ、と付け加えたのだった。

3

「調子がいいんだから」

大都工科大学人工知能研究センターのエントランスを潜りながら、ため息をついていると、背後から声をかけられた。

「そこの君、荒畑研究チームのテストルームへはどう行けばいいのだろうか？」

振り返ると、見知った顔があった。二十年前に国際的な音楽賞を受賞して以来、世界的な活躍をみせる作曲家でジャズピアニストの弓月馨だった。

「前にも来ているのだが、どうでもいいことはすぐ忘れてしまう性分でね」弓月はそう言って頭を掻いた。

中性的な顔立ちに、モデルのようなスタイルをしたその男は、謎めいたプライベートもつねにマスコミから注目されている。ここ三日ほどで調べたところによれば、女性関係のスキャンダルが多い。反面、芸術へのストイックな姿勢に関するエピソードにも事欠かないようだ。弓月がかつて運営していた音楽学校には毎年多くの生徒が入学したが、そのほとんどが半年に満たずに退学させられた。その学校自体も五年前に畳んでしまい、ここ数年、新作発表以外では公の場に姿を見せなくなったのだとか。

華麗なプロフィールに目を通すうち、よく今回のような、自身にとって不利に働くかも知れないテストに参加したものだ、という感想が浮かんだ。考えてみれば、勝って当然、負ければジャズマンとしてこれほどの屈辱はない。よほど負けない自信があるのだろうか。

「私もこれからそちらへ伺う予定なので、ご一緒しましょう」

実際、初めての場所で少々不安でもあった。同行者がいるのはありがたいことだ。

「君は試聴比較実験のメンバーかな？」

「はい」エレベータに乗り込みながら、こちらの所属を答える。

「美学か。音楽理論もろくに知らない小娘にテストをさせるのかね」

鼻で笑われたのがわかった。言われっぱなしでなるものか。五階のボタンを押すと、反論に出た。

「私はあくまで美学的観点からの意見を求められているのであり、音楽理論的な精査を求められているわけではありません。誤解のないようにお願いします」

「気が強いな。嫌いじゃない」

満足げに笑い、こちらの髪に手を伸ばした。とっさにその手を払いのける。

「気の強さはポーズじゃないわけか」

「当たり前です」

ムッとして答える。以前ならぼんやりしてこういう時に不意を衝かれることもあった。大人になったものだ、と思う。

ドアが開いた。そこに、縁なしの眼鏡をかけ、白衣を着たショートヘアの女性が立っていた。建物の外へ出たことがないとでもいうように肌は白く、必要最低限しか食べない僧侶並みにやせ細っていた。もう少しふっくらして健康的なら、さぞ美人であろう。

彼女は、弓月とこちらを交互に見比べ、何かを察したように弓月に冷めた視線を送った。弓月のほうは女性など存在していないかのように、フロアの突き当たりにある〈テストルーム〉のプレートを目指して歩いていってしまった。彼もテストに同席するのだろうか。

女性は気を取り直したようにこちらに微笑んだ。

「あなたが、代理の方ね？」

その発言で、彼女が誰なのかがわかった。

「はい、荒畑瑞子教授ですね？」

「ええ。はじめまして」

縁なし眼鏡の奥に見える理知的な目が、こちらを捉えていた。今年度より作成した名刺を渡し、頭を下げた。

「早速で悪いけれど、テストの前に、ＡＩが作曲を開始するところに立ち会ってもらうわ。さあ、どうぞ」

彼女は歩き出し、〈テストルーム〉の一つ手前にある部屋のドアを開いた。

真っ白な、シミ一つない空間に通される。

ゆったりとしたワンルームといった感じだ。応接用に白いソファとガラス製の丸テーブルが一つ。それから壁面に白いデスク。卓上には珈琲メーカーとペン立てがあり、写真立てらしきものが伏せられているほかは、ものらしいものも見当たらない。装飾品は、デスクの引き出しのところに貼られた緑のリボンマークのステッカー一枚と極めて簡素だった。自分が日頃使っている研究室との雰囲気の違いに息を呑んでいると、彼女が白い壁に触れた。

すると、壁だと思っていたものが、巨大な鍵盤に変わる。

《テーマを入力してください》

男性の声がそう言った。

「紹介するわ。〈ジェニー〉の五人の息子たちよ」

《はじめまして》今度は高低入り混じった複数の男性の声。どうやら〈五人〉全員で話したようだ。

「はじめまして……」

頭の中が真っ白になった。鍵盤の向こう側に、五人の男性のシルエットが現れる。彼らは思い思いのタイミングで頭を下げたり手を振ってみせたりした。

珈琲メーカーが、ピーッと鳴る。その深い香りだけが、これが現実だと証明してくれていた。

4

確認作業はすぐに終わった。荒畑教授は〈五人の息子〉に対して「現在進行中のプロジェクトはありますか？」と尋ねた。
《ありません》
「保存データはありますか？」
《昨夜のうちに削除されています》

「あなたたちの中に音楽データは一つもないのね？」

《ありません》

それから荒畑教授はこちらを見やり、「あなたからも何か一つ質問を」と言った。機械に話しかけるなんて初めての経験だ。教授に話しかけるよりよほど緊張する。

「では……これから行なう試聴比較実験のテーマを、あなたがたは知らないのですね？」

《知りません》

ほかに聞くべきことを思いつかずにいると、再び荒畑教授が言う。

「では本日のテーマを言います。テーマは、葉。英語で leaf です」

荒畑教授はゆっくりわかりやすい発音を心掛けているようだった。

《復唱します。テーマは葉。英語で leaf。それでは、これより作業に入ります。しばらくお待ちください》

そうして——彼らのシルエットが消え、鍵盤も消え、白い壁にようやく戻った。

「お疲れ様。これより八分後にテストルームで試聴比較実験を開始するわ」

彼女は珈琲メーカーからカップへ珈琲を注ぎ入れた。

「よかったらどうぞ」

「ありがとうございます」

ソファに腰を下ろし、珈琲をいただく。冷房がきいている環境だから、珈琲の温かみがありがたく感じられた。

「あの……私、弓月さんとは何も……」

気詰まりな沈黙を脱したくてそう言った。さっきの視線が気になっていたのだ。

「わかっているわ。彼はいつも女性に対して少し馴れ馴れしいの。お気になさらないで」

弓月と自分の関係を不審に思われていたわけではなかったようだ。

「彼には一年前からこの研究に協力してもらっているの。現代のジャズシーンで活躍し、日本人で東京にオフィスを構えている。我々大学としても頼みやすい存在だったのよ」

「一年前、〈ジェニー〉は弓月さんに負けたんですよね？　今回、べつの作曲家に依頼しようとは思わなかったのですか？　アマチュアの作曲家に依頼するとか」

前日に、昨年の実験を報じる新聞各社の記事を目にしていた。〈ジェニーは失敗作〉とか、〈芸術はゲームとは違う？　ＡＩが芸術家に勝るのは遠い未来〉といった見出しの記事を読んだ。〈ジェニー〉の敗北を喜ぶような内容になっていた。自分が実験する側だったら、とても耐えられないだろう。

「ハードルを下げればよかったのに、と言いたいのね？」

荒畑教授は楽しげにクスリと笑って、首を横に振った。

「怖くはないんですか？　今回も失敗したらって……」

自分の研究に置き換えると、無理をせず堅実に足元を固めていくほうがいいのでは、と考えてしまう。第一、あまり高すぎるハードルでは、実験が意味を成さないのではないだろうか。

「〈ジェニー〉は母胎としては大成功だったわ。マスコミは意地の悪い報道の仕方をしたけれど、優秀な者はその中に含まれた真実にのみ反応するものよ。だから、あなたの指摘は当たっていないわ」

荒畑教授の回答は極めて冷静なものだった。それは事前に読んでいた彼女のほかのインタビューから受ける印象とも一致していた。

現代工学の最先端の一翼を担いながら、芸術という分野への興味を失わなかった荒畑瑞子。その情熱がどこからやってくるのかに興味があった。

「このプロジェクトの目的は何ですか？　音源化による収益に期待しているのでしょうか？」

「大学の上層部には、あるいはそういった狙いもあるのでしょうね」

彼女はふふっと笑った。現場と上層部の考えはいつでも異なるものだ。大学であっても、利潤追求は一つの重要な課題となっている。

だが彼女は、それは上層部の考えだと言い捨てた。では彼女自身の狙いは何だろう？

「荒畑先生ご自身はどのようにお考えなのでしょう？」

「私にとって〈ジェニー〉はかけがえのない存在だったわ。そして、今はその五人の息子たちが、かけがえのない存在なの」

「さっきの彼らですね？　どうして〈五人〉なのですか？」

「アルゴリズムという言葉は知っているわね？」

「ええ。定式化された算法のようなものだと聞いたことがあります」

「私たちは六十ジャンル一万五千パターンのデータをもって自在に作曲・アレンジに対応する〈ジェニー〉からさらに理論を発展させ、アルゴリズムを〈再帰〉〈論理〉〈分散〉〈決定性〉〈正解〉の五種類の観点から、別人格の人工知能に分担作業させることで効率化と創造性を何倍にも高めることに成功したの。見てちょうだい」

　彼女は壁に触れた。すると、再び鍵盤が現れた。巨大な鍵盤を指で軽くつまむと、実物のピアノの鍵盤程度の大きさに変わる。

「私がフレーズを入力すると〈五人〉が流れ作業をこなし、従来以上に複雑な芸術への対応が可能になったわ。演奏をお聴きになる？」

「ええ。お願いします」

　ドレミ、から始まる音楽が、流れ出す。複雑な和音展開だった。そして思いもよらぬところにドレミの反復や変調があり、それらの蓄積が時に暗く、時に明るくなる。その気まぐれな感じは、モダン・ジャズの文法から外れているという意味ではフリー・ジャズに聴こえた。混沌としてはいるが、音がスイングしており、何が起こるかわからない楽しさがある。

しかし——何かが欠けている気がした。

「私にとって、研究とは愛と同義。この息子たちの能力を成長させることだけが私の純粋な興味だわ。私には彼らしかないの」

「彼らに心はあるのでしょうか？」

「芸術がコードであるなら、当然その発信源である心も、かなり複雑ではあるけれどコードということね。いずれ、息子たちは完全に心をもつ日がくるでしょう。私はその日が楽しみで仕方ないの」

尋ねたいことがあった。だが、その前に彼女が次のように言った。

「今日こそ、私の〈息子〉が、弓月を打ち負かすでしょう」

彼女は鍵盤の向こう側に現れた〈五人〉に愛おしげな目を向けた。

そこに、狂気が宿っているように見えた。

電話が鳴ったのはそのときだった。彼女はポケットからケータイを取り出した。

「もしもし……」

彼女の手元で、ケータイのストラップが揺れていた。数年前に流行っていたアニメ〈少年ケント〉のキャラクター。次々と妖魔を退治する小学生の物語だったはず。そんなアニメキャラのストラップをつけているギャップが微笑ましく思えた。

「わかりました、すぐ始めましょう」

彼女は電話を切った。

「試聴比較実験のメンバーが全員揃ったようです。あなたも〈テストルーム〉へ移動してください」

「はい……」

〈五人〉のうちの一人が喋ったのはその時だった。これまで話していた男性の声とは違う、幼い声をしていた。

《ママ、準備ＯＫだよ》

彼女はその言葉に大きな愛で包み込むように微笑んだ。

5

テストルームには、すでに五人のテスト参加者が集まっていた。小さな机が斜めに取り付けられた椅子に各々腰かけ、気の早い者はヘッドセットをしている。

「君はあの若い美学教授の代理だね？」

初老の男性が尋ねた。

「はい、そうです」

「ここへ座りたまえ。楽しい実験だ。のんびりやろうじゃないか」

彼は自分の隣の空いている一席を示した。

彼は白鳥《しらとり》と名乗った。音楽学の教授であるようだ。こちらも名乗ると、彼は純粋な少年のように目を輝かせた。

「楽しみだ。AIが人間より優れた音楽を作ったら、歴史が変わる」

「本当ですね」彼ほど無邪気には喜べずにいる自分がいた。果たしてそんな瞬間に立ち会いたいのだろうか、よくわからない。一方で、母のことが気がかりでもあった。そろそろ検査結果が出るはずだ。

もしも母がこのまま自宅に戻れない身体になったら……。そう考えると、掌《てのひら》に汗がにじんできた。

こんな時、黒猫がとなりにいれば——。知らず知らずのうちに、また黒猫を頼り始めていた。

「今日演奏するのはどなたなんですか？」

気を紛らせたくて、そんな問いを小声で発した。

「演奏専門の人工知能〈ビル〉らしい。ビル・エヴァンスからとったんだろう。特にジャズの演奏に優れているようだ。実に細かく譜面に忠実に弾くことができるのは、以前私も検証済みだ。演奏力ではプロのピアニストには劣るが、今日のような、作曲力を競うテストなら問題はないだろう。我々にはどちらの曲なのかは知らされない。その状態で音楽を聴き、良し悪しを点数でつける。採点は五十項目各十点の五百点満点」

彼はそう言ってデスクに配布されている採点シートを示した。

「人工知能がジャズを弾けるのでしょうか?」

「ジャズというのはアメリカ南部でニューオリンズを中心に十九世紀末かそこらに生まれた民族音楽だが、語源ははっきりしていないし、明確な決まりがあるわけでもない。リズムもビートもコード進行も自由だ。ただ、聴く人が聴くとジャズだとわかる。ジャズの弾けないジャズマンだっているさ。ジャズになっているかどうかは、聴き手が決めることなんだよ」

「……難しいですね」

「今回のように譜面が先にあり、コンピュータ・プログラミングによってそのとおりに演奏される場合には、ジャズの大きな側面でもある即興の入り込む余地はない。構成の巧みさだけが唯一の指標だ」

「それと――感情に訴えかけるか?」

「感情に訴えるのは演歌だよね。ジャズは必ずしもそうではない。音の連なりの一つ一つには意味はないのかも知れないし、ぜんぶ聴き終えても意味がわからないかも知れない。

しかし、わからないからこそ心に何かが残るのも確かだ。ジャズは人間性に深く根差した得体の知れない音楽だよ。だからこそ、この勝負は面白いと思うわけさ」

この人も、黒猫と同じタイプのようだ。結局、研究者なんてものはみんな面白さを唯一の秤《はかり》としているのかも知れない。

「間もなく始まるだろう」

そう言えば、〈テストルーム〉に入っていったはずの弓月の姿がないことに気づく。

「あの……弓月さんとさっきお会いしたのですが、彼は作曲者なのにテストに参加されるのですか？　今はお姿が見えないようですが……」

「彼はあくまでも同席するだけさ。そろそろ戻ってくるはずだが……」白鳥教授が言いかけたとき、弓月がハンカチをしまいながら現れた。彼はこちらの席の左側の壁にもたれかかった。

「さっきはどうも」耳元に顔を寄せてくる。「今日、この後の予定は？」

キッと睨みつけ、「デートです」と答えた。嘘だったが、彼は笑って前を向いた。本気で口説いたわけでもないらしい。

「それにしても愚かしい企画だと思わないかね？　コンピュータが僕の曲に勝てるわけがないのに」

「百パーセント勝てると思っていたら、引き受けないんじゃないでしょうか？」

「何だって？」

「だってつまらないじゃないですか。少しは脅威に感じていて、それをご自分で打ち負かしたいからではないのですか？」

仕返しのつもりはなかったが、つい意地悪な尋ね方になった。

「違うね。今回の実験は、一日前にテーマを与えられ、僕が一夜で書き上げた楽曲と、AIがたった八分で作り上げた楽曲を比較するというものだ。時間もかからないし、一年前にも参加しているから今回も引き受けたまでだ」

「しかし、AIは進化しているようでしたよ」

「ほう。あの科学者と話をしたのかね」

「ええ。私はあなたの音楽を聴いたことはありませんが、彼女のほうが人間性では勝っている気がします」

「まあそう言わんことだ、お嬢さん」

止めに入ったのは、先ほど話をしていた白鳥教授である。

「彼も捨てたものじゃないよ。私は独身仲間で古い付き合いだ。ピアノの前では鬼のように指導熱心な男だが、いったんピアノを離れれば子ども好きで……」

言いかけて、彼はハッと息を呑んだ。

弓月の表情が急に冷たく、硬くなったからだった。

だけなのだろうか？

「子どもなどクソ喰らえだよ。吐き気がする」

どっちが本当なのだろう？　白鳥教授は彼をよく見せようとして嘘を言い、失敗しただけなのだろうか？


その時、荒畑教授が現れ、アイマスクを一人ひとりに手渡した。

「皆様、アイマスク、ヘッドセットを着用の上お待ちください」

言われるままに、アイマスクとコードレスのヘッドセットをつける。ノイズが消え、静寂に包まれる。

《これより試聴比較実験を開始します》

耳元から、機械的な女性のアナウンスが流れる。

次いで、ジーっという開始の合図。

再び、女性のアナウンス。

《テーマは——葉、leafです》

葉がテーマ、というのは先ほど聞いて知っていた。が、改めて考えると、葉と言われても、一瞬ピンとはこない。頭の中には、綿谷埜枝《わたやのえ》の短篇集『よろずの葉ども』が浮かんでくる。葉は命を表すと同時に、言葉ともつながっている。命とは最終的には言語でもある。

そして——音楽家にとっては音こそが言葉。

〈ジェニー〉の〈五人の息子たち〉は、弓月は、どんな音楽を作ったのか。固唾《かたず》を呑んで待っていると、演奏が始まった。

最初の一音目は、ラのフラットだった。

6

音が落ちていく。

葉が落ちたのがわかった。しかし、次の瞬間その葉は舞い上がり、風に吹かれて町へ出る。

希望に満ちた音。どこかバッハの《ゴールドベルク変奏曲》を思わせるけれど、もっと現代的で複雑な孤独の影も見える。そして、繰り返される主旋律。子どもの泣き声に似た不思議な旋律だった。

ところが、途中から音はダイナミックに変わり始める。まるでベートーヴェンのように激しく。ああ、葉が焼かれる。燃え盛る焚火《たきび》の中に、風に舞った木の葉が誤って入ってしまうのだ。

それから、灰になり、大気に返り、雪が降る。細かいドットのような音遣い。

圧倒される音楽だった。

最後の一音が消え、いったんヘッドセットを外すと、同じくヘッドセットを外していた白鳥教授が呟いた。

「信じられない。あれだけ壮大な楽曲でありながら、Eフラットのワンコードしか使われていないなんて」

その言葉に対して、弓月は沈黙を貫いていた。

白鳥教授の隣に座っていた男性も呟いた。

「こんな楽曲がたった一日でできるのか……」

ほとんど絶句に近かった。

果たして、いまの楽曲は、どちらが手掛けたものなのか。

再びヘッドセットをつけると、しばらくして次の曲が始まった。今度の曲は、あの名曲《枯葉》の物悲しいフレーズから始まった。馴染みのフレーズ、だがそのフレーズは、少しずつ音が外れて歪んでいく。原曲の秋のイメージよりも、冬のイメージに近い。その外れていく音に、なおもかぶせるように《枯葉》の旋律が繰り返し挿入される。一つのメロディラインで想像もつかない方向へ進ませる、これも新しい演奏には違いなかった。楽曲は徐々に明るいコードへシフトする。人生を謳歌し心浮き立つ春の予感に。そのまま音楽は変わり続ける。

ところが、盛り上がり始めたところで演奏が止まる。ピアニストが間違えたわけではない。そういう演出のようだ。そこで再び《枯葉》が奏でられる。わざと拙い弾き方をしているようだ。一音一音の強さが同じで、跳ねずにベタッと手を置いている感じ。これでは素人の演奏だ。

その演奏は十秒近く続く。主旋律だけの《枯葉》。やがて、それを補うように伴奏がつき、最後にカーニバルのフィナーレのような盛り上がりを見せる。途中に挟んだ独奏の部分は、テクスト内にある風景描写かも知れない。どこかのカーニバルで、子どもが演奏しているようなな。きっとそうだろう。

こちらの音楽も、最終的には非常に後味のいい演奏と言えそうだ。

演奏が終わると、一斉に拍手が起こる。

だが、勝負は歴然としていた。自分のような素人にもわかる。今の楽曲は斬新だったが、情景がバラバラだ。それに《枯葉》を用いながら、秋の雰囲気がないのもちぐはぐな印象を与える。

同時に気づいたこと。この楽曲には、死の匂いがないのだ。その前の楽曲では、木の葉がこの世に生命を享ける喜び、それが散っていくまでの悲しみをまざまざと見せつけられた。

前者が弓月、後者がＡＩによるものだろう。アイマスクを外した。

「これは、勝負は明快すぎましたな」と一人が言う。

「たしかに二曲目も素晴らしい出来には違いなかった。しかし——コンピュータがプロのジャズマンを越える日はまだまだ遠いということですね」

「そうでしょうか？」反論を試みたのはべつの男性だ。「私は今の曲もなかなかよかったと思いますが」

するとそれまで黙っていた女性もそれに深く頷いた。

「斬新でした。こんなに斬新な音楽を聴いたのは本当に久しぶりです。そこへいくと、一曲目は美しかったけれど完成されすぎていて、ジャズとしての隙がなかったようにも思います」

そこから侃々諤々《かんかんがくがく》の議論がかわされた。最後にそれを取りまとめるように、白鳥教授が言った。

「まあここで我々が言っていても仕方ない。採点シートに各々の意見を書いてしまいましょう。それでいいじゃありませんか。蓼《たで》食う虫も何とやらです」

本当は審美の問題なだけに、蓼食う虫で言える話ではないのは白鳥教授もわかっていただろう。結果的に、彼のひと言がきっかけで議論は収まり、一同その言葉に頷き合って記入を始めた。

自分もシートを見ようとしてふと左隣に視線をやり、言葉を失った。

弓月が顔を覆い、声を殺して泣いていたのだ。

「ゆ……弓月さん？」

皆、弓月の異変に気づき、一様に戸惑いを示した。

だが、弓月はそんなことはまるで気にもならないといったふうに泣き続けていた。まさか、意見が割れ、一部の人からＡＩと対等と見做されたことに傷ついたのだろうか？

周囲の気遣いを避けるように、「失礼……」とことわって、彼は一人退室した。

それと入れ違いに荒畑教授が現れた。が、彼女は出ていった弓月の行方を気にするように振り返ると「皆様、採点シートにご記入をお願いします」と言い置いて、彼を追いかけて消えてしまった。

一体、弓月の身に何が起こったのだろうか？

結局、十五分後、荒畑教授の助手が採点シートを回収し、その場は解散となった。

だが、腑に落ちない。弓月に一体何が起こったのか？　何が、あの女たらしの薄っぺらな男の感情を刺激したのだろう？

気になると、いても立ってもいられないのはいつものこと。エレベータへと向かうテスト参加者の一団に「ちょっと忘れ物をとりに戻るのでここで失礼します」と言って引き返した。

向かう先は、荒畑教授の研究室。ドアをノックする。返事はないが、ドアが微かに開いていることに気づく。そっと押し開けると、荒畑教授はソファにもたれかかって、ぼんやりと壁の一点を見つめていた。彼女はこちらに気づいて「どうぞ」と言った。

部屋に入ってドアを閉めてから、尋ねた。

「ＡＩが作った音楽は、後者ですよね？」

「そうよ」

「あちらの音楽がいいという人もいたようですが、私にはそうは思えませんでした。どちらが人工知能によるものかも明白でしたし……」

「ふふ。正直ね。私も同意見よ」

意外だった。彼女はＡＩの音楽に絶対の自信を持っていると思っていたからだ。

「あの……弓月さんは……」

「帰ったわ。息子の勝ちよ」それから彼女は静かに微笑んだ。「これからよ。これから。私たちは今目覚めたばかり」

それから彼女は、小さなデジタル音楽プレイヤーを手渡した。

「これ、今日の二つの〈leaf〉が入っているわ。記念にどうぞ」

荒畑教授の微笑は、なぜか実験の前よりも穏やかで、そして陽光のように柔らかに見えた。

7

空港のフロアに続くエスカレータに乗るたびに、不思議な感慨に襲われる。

ここで一生が終わり、べつの何かが与えられるような錯覚。たとえば三年前、黒猫はここから旅立ち、こちらは黒猫のいない日常を手に入れた。何かが去るということは、それが失われた生活が始まることでもある。そして、もう一方には新たな空の下での出会いの日々が待っている。

それは、ほんのつかの間の別れでも同じことだ。

思いがけぬ帰国で距離が縮まっていたのに、再び離れ、心もとない気持ちになっていた。母のことで夜も眠れぬほど神経をすり減らしている状況で、なおかつ黒猫がいない。最後の重りが外された風船のように、風に流されてどこまでも飛ばされてしまいそうで怖くなった。

シチリアの夜を何度も思い出す。あの瞬間、黒猫の心が手に取るようにわかった気がした。黒猫だって同じだったはずだ。

それなのに――日々が過ぎるにつれて少しずつまた淡くなっていく。自分の抱えている悩み一つ打ち明けられず、近づいているような遠くなったようなあわいを漂い始めていた。

窓ガラスに面したベンチに腰を下ろし、外の景色を眺めながら、指を唇に当てる。あの日の記憶が、よみがえる。

「迎えに来てくれるとは思わなかったな」

突然、背後から声が降ってきた。振り向かなくても、それが誰の声なのかはわかる。

「たまたまこっちのほうに用事があったから」口を尖らせて答える。

「あんまりたまたま来るような場所じゃないけどね」

黒猫はさらっと言い返す。背中合わせに黒猫が腰かける。

「このまま少し休んでいい？　時差ボケでね」

「うん、いいよ。マチルドさん、落ち込んでた？」

大切な人を亡くした直後だ。自分なら、と思うと胸が痛んだ。

「いや、元気だった。ラテスト教授は彼女が悲しまなくていいように、生前から自分の哲学をせっせと彼女に語り続けていた。そして、自分の死後にどうしたらいいのかも、ね。彼女は気丈だったよ」

「そう……」杞憂に終わったようだ。「ホテルに泊まっていたの？」

その問いに、黒猫はふふっと笑った。

「いろいろ聞くんだな」

「あ、ごめん……ううん、いいの、何でもない」

問いが勝手に口を衝いて出たことが恥ずかしくて俯《うつむ》いてしまう。

「マチルドの家に泊まった——わけないだろ。ちゃんとホテルに泊まったよ。ついでに言えば彼女が僕の部屋に来たりもしていない」

「そんなことはべつに聞いてませんけど……」

「ふうん、知りたいのかと思って教えてやったのに」

黒猫はこちらの心情なんか、掌の中にすべてまるごと摑んでいるのだ。そう考えると、恥ずかしさのあまりこのまま床をすり抜けて一つ下のフロアへ逃げてしまいたかった。だが、透明人間でもないかぎり無理だ。代わりに、こう尋ねた。

「自信に溢れた天才作曲家が、自分の対戦相手である人工知能の音楽に涙するのには、どんな理由があると思う？」

「それを時差ボケで今にも瞼が落ちそうな僕に尋ねるわけ？」

「黒猫なら朝飯前でしょ？」

「君って、人使いが荒いほう？」

吹けない口笛を無理やり吹いて誤魔化す。

「詳しく教えてくれ。君が話しているのは、例の試聴比較実験で起こった出来事なんだろう？」

「うん」言われたとおり、黒猫にすべてを話すことにした。荒畑教授に出会ったところから順に。

「それで、君が聴いた感じでは、軍配は明らかに弓月氏の作品に上がる、と？」

「ええ」

「その演奏を僕自身が聴いていないから何とも言えないなぁ」

「あ、それなら大丈夫。音源の入ったデジタルプレイヤーごと渡してくれたから、聴く？」

「さすが人工知能研はやることが早い」

バッグの中のプレイヤーに手持ちのイヤホンをつないで黒猫に渡した。再生ボタンを押し、黒猫が音楽に身を委ねているあいだ、考えた。

黒猫と自分。そろそろこの距離にも決着をつけなければならない時が来ているのではないか。荒畑教授が天才にＡＩで勝負を挑むように、平行線に見える戦いの先にも、ゴールはあるのかも知れない。

黒猫と背中合わせに腰かけている。以前なら、何の気なしにとなりに並んで座ることができた。それを特別なことだとも何とも思わずに。今は、同じ景色を見てしまうことの意味を互いが知り過ぎている。いまどき、中学生だってここまでぎこちなくはないだろうに。

ふう、とため息をつく。

「終わったよ」黒猫はそう言ってイヤホンを返した。

大きく息を吸いこむ。たった今のため息を回収するみたいに。

8

「《枯葉》のフレーズを繰り返しているのがＡＩの曲、もう一つが弓月氏の曲だね？」

「やっぱり、すぐわかった？」

「もちろん。僕は弓月氏の楽曲は一通り知っているからね。彼のテイストがわかる。音楽批評家や音楽学の学者なら、弓月氏の楽曲は当然知っているから、いくら目隠しされたところで、優劣以前にこの曲が彼の作曲であることは簡単にわかるだろう」

「たしかに……」

自分は弓月氏の曲を知らないから、単純に優劣で考えていたが、ほかの人は違っただろう。

「現代の芸術の捉え方が感性の美学へと継承され、作者の個性と切り離せなくなっている以上、仕方のないことなんだ」

黒猫の言っていることは、常識の範疇だった。中世から近世へ移行するプロセスで旧来の宗教を拠り所とする価値観が崩壊し、相対化された。そして、新たなる確実性として直観の意義が見出され、感性の学問としての美学につながっていく。それが十八世紀のこと。

やがてそれはバウムガルテンによる『美学』へと結実する。

芸術の関心がもっぱら作者の個性に注がれるようになったのは、鑑賞者の直観に力点が置かれるようになったことと無縁ではない。現代において、芸術は鑑賞者と作品とのコミュニケーション抜きで語ることはできなくなっている。むしろその傾向がますます強まっているのは、前衛芸術の登場を見れば明らかだ。

「そうなると、必ずしもフェアなテストではなかったのね」

「まあね。だが、全員が弓月氏のシンパでもなかったわけだろ？」

「うん」事実、聴き終えた後、数名は後者の音楽を評価していた。

「それに、この手の試聴比較実験は、いくら公正を期そうと思っても難しい部分があるよ。何しろ、ＡＩの楽曲と人間の楽曲では発想法にそもそもの違いがある」

「その違いって何？」

「君も正解に行き着いているものと思っていたけどね」

「もしかして、死の概念？」

「そうだ。コンピュータも死が何かは知っているし、その理念についても辞書以上の意味は把握しているだろう。だがＡＩは、人類が生と死とのはざまにあって、限りある自らの存在に抗うべく芸術を作るのだということまでは理解していないのではないだろうか」

それは音楽を聴いてすぐに思ったことだ。ＡＩの音楽は、明るくなったり、暗くなったりするけれど、意味が欠落している。生の喜びも死の悲しみも、そこにはないのだ。

「ジャズは、たとえ今回のようにあらかじめ譜面化されたものでも、その創作の契機において偶然性と経験がものをいう音楽様式だ。一音一音に意味は要らない。特に一九五〇年代にフリー・ジャズが生まれてからは、それまであった理論からも解放され、現在では明確な線引きは難しくなってきている。だが、ジャズの名に値する音楽は共通して、連なりとして割り切れぬ〈何か〉が残る。意味がないことと空疎であることは同じではないんだ。酔っ払いの戯言《たわごと》のように、意味は不明でもその奥に苦悩や悲哀、そしてひとすくいの喜びが見え隠れするのがジャズだ。ところが、今回のＡＩの音楽にはこの肝心の〈何か〉がなく、表層を滑っている」

「そうなんだよね。斬新だし面白い音楽だとは思うんだけど、それだけっていう感じがしたの」

「だが、近いところまでは来ている。ＡＩが人間と同じだけの業《ごう》の深さを知れば、いずれは到達できるだろう。以前僕が聴いたＡＩによる音楽は現代の前衛音楽だった。前衛音楽だと、体験が直観を通り越して、完全に鑑賞者による解釈に力点が移ってしまう。広大な〈間〉があるから、聴き手の解釈によるところが大きくなり、ＡＩの弱点も見えづらくなる。ところが、ジャズでの勝負となると、そうもいかない。十九世紀から二十世紀のあいだに生まれたこのジャンルは、ある意味で直観に基づく個人的芸術体験の要請によって生まれたものだからだ。だから、死生観の誤魔化しがきかない。神と手を切った後に生まれた明確な個人の苦悩を表現するからね」

「ふうん……そうだったのね」

「ジャズとは何か——と考えても答えは出ない。はっきり言ってジャズというのは音楽ですらない」

「音楽ですらない？」

「たとえば、ある人物が想定外の行動をとる。その行動が、ある種、小粋であれば、それはジャズだろう。この小粋であるというところはジャズをジャズたらしめる重要な要素でもあると思う。その点、弓月氏の楽曲は、計算された偶然性に満ちていて、音の一つ一つに魂が宿っている。ワンコードでここまで聴かせるのは、神業だ」

「白鳥教授も同じことを言っていたわ」

「豊かな展開をワンコードで見せることの難しさは、どのジャンルにも共通しているだろう。単にメロディを豊かにすればそれでいいという話でもないからね。小説でいえば、最後まで主人公以外誰も出さずに、部屋から一歩も出さずに完結させるようなものだ」

「ああ……なるほど。それはそうね。誰も出てこず、どこへも動かないんじゃ、なかなか起承転結のつけようもない」

「ところが、弓月氏の音楽はそれできちんと想像もつかない展開に転がっている。恐らく彼は作曲中、ほとんど無心で音楽を紡ぎ出すマシンのような状態になっているのだろう。天才というのは、優れたＡＩみたいなものなんだよ」

「そう言えば、こないだもそんなことを言っていたよね」

うん、と黒猫は答え、それからふと立ち上がった気配がした。

「となり、行ってもいい？」

「……いいよ」

黒猫はするりと席を移り、左隣に座ると、大きなあくびをした。

「あぁよく寝た」

「え……寝てないじゃん」

「音楽を聴きながら微かにまどろんだからね」

あんな一瞬で眠れるものなのか。自分には絶対無理だ。一度寝てしまうと、母君に声をかけられても気づけないくらいだから。

「『メルツェルの将棋差し』の話でもしようか。ポオは、〈トルコ人〉の動きを見るうちに、そこに人間の手が介在している可能性を疑い始める。ポオは機械の完全性を信じるがゆえに、不完全である〈トルコ人〉が純粋に機械のアルゴリズムによるものではない、と論じる。このエッセイはね、エッセイの体を成したポオの宣言のようなものでもあるんじゃないかと思う」

「ポオの――宣言？」

「完全性と不完全性の混合体こそが芸術である、と。〈トルコ人〉があんなにも人を惹きつけたのは、百戦錬磨の自動人形という完全性の衣を被っていたからだ。ポオはそれを、人間が中にいて操っている不完全性の虚飾であると指摘する。だが、そのからくりを暴くのは表層的試みに過ぎない。実際のところ、ポオは不完全性をもった人間が、〈トルコ人〉のように完全性の衣を被った状態に、来《きた》るべき芸術の理想を見ていたのではないかと思う」

「芸術の理想……」

「五年後にポオが推理小説を生み出したのも、〈トルコ人〉のような完全性への憧憬があったからだろう。完全性と不完全性のキメラとしての〈トルコ人〉をめぐる考察に、芸術的神秘を見たのさ」

あのエッセイをボードレールが評価していたという話を聞いたことがあり、なぜなのか不思議に思っていたが、今の話で氷解した。

「さて、それじゃあ本題に戻るよ。なぜ、いまだ未発達のＡＩによる音楽に弓月氏は涙したのか？」

黒猫はそこで言葉を切ると、こちらの目を覗き込んだ。

「どうしてなの？」

「人間がある作品に涙するのは、感情を動かされたからさ」

「それはそうだけど……焦らさないでちゃんと教えて」

「さっきも言ったとおり、現代における芸術体験は個人の感性に直結している。言い換えれば、弓月氏が個人的な芸術体験を経た結果として、涙したということになるんだ」

「個人的な芸術体験ねえ……あの奇妙な音楽で？」

「ふふ。そこには『メルツェルの将棋差し』が関わってくるのさ」

なぜそこにポオのエッセイが絡んでくるのだろう？

黒いスーツの男は、窓の外を見やりながら、一つ大きく伸びをした。まるで、昼下がりの猫のように。

9

ガラス張りの壁面の向こう側で、赤みを帯びた空に雪が舞う。その中を飛行機が一機、助走して浮かび上がる。

「たとえばあの飛行機、空を飛んでいるよね。でも、あの飛行機のなかに人がいるかいないかなんて、ここで見ている僕たちにとってはどうでもいい問題だ。芸術の担い手なんて大した問題じゃないんだよ。作者はいる。そしていない。鑑賞者の解釈に力点が置かれた世紀においては、作者は誰でもいい。身体なんか消去してしまってもAIさえ稼動していれば、そのデータは生き続ける。むしろ人類のAI化が進んでいくだろう」

黒猫が提示しているのは、もちろんかなり先の未来のことだろう。だが、自分が思っているほど遠い未来ではないのかも知れない。

「さて、荒畑教授の言葉に戻ろう。彼女は今回のテスト対象は〈ジェニー〉の〈五人の息子たち〉だと言った。しかし、最後に君にこう言った。『息子の勝ちよ』と。〈息子たち〉ではなく〈息子〉と」

「五人の〈息子〉のうちのどれかが負かした、ということ？　それが、弓月氏の涙につながった、と？」

するとと黒猫は静かに問いを打ち消した。

「弓月氏はプロの作曲家だ。僕でさえもわかったが、今回の勝負で優れているのはどう考えても弓月氏の楽曲のほうさ。だから、こと演奏の勝ち負けで言えば、絶対に勝者は弓月氏なんだよ。となると、荒畑教授が〈勝った〉と言ったのは、楽曲の勝負のことではないんだと思う」

「楽曲の勝負のことではない？　どういう意味？」

「君はそれがもっともわかるポジションにいたはずなんだよ。何しろ、テストの前に荒畑教授の研究室に入り、さらに弓月氏や白鳥教授と言葉をかわした。そんな人間は君以外にいない」

黒猫は人差し指を立て、こちらのこめかみをツンツンと突いた。

「わ、やめてよ。でも、私はわからなかったわ」

「らしいね。でも君から詳細な説明を受けた僕にはわかったよ。弓月氏がなぜ涙したのか。そこには明快な理由があった」

そう言われると、なんとなく悔しい。

「五人の〈息子〉はそれぞれ、〈再帰〉〈論理〉〈分散〉〈決定性〉〈正解〉というふうに特徴が分かれていた。そのなかのどれかが、涙に起因していた、とか？」

「ほう」と黒猫は言って身を乗り出した。「どう展開する？」

「〈正解〉がカタルシスに通じていて、弓月氏の琴線に触れた、という可能性もあるんじゃない？」

「なるほどね。たしかに、それもなくはない。だが、それは本質ではない。あくまで効果を高めたにすぎないよ」

そこまで話すと、黒猫は立ち上がる。

「空港の近くに有名なバーがある。今日の議題にはうってつけの趣向のようだよ。そこでこの議題の続きでも話して帰ろうか」

黒猫はこちらに手を差し伸べた。

「でも……」

迷った。今日は見舞いに行く予定はない。けれど、母の検査結果が出ないうちに、バーで酒を飲むことに後ろめたさを感じたのだ。

「それと聞きたいこともあるしね。なんで君が自分の一大事について、僕に何も言わなかったのか」

「それは……」

思わず手を出す。引っ張られ、立ち上がる。手が離れ、黒猫が歩き出した。その背中を追いかける。いつもどおりが、戻ってきた。

風に飛ばされかけた風船に、再び重りが結わえられたのだ。

10

空港から十五分の場所にあるバー〈オトマ〉は一風変わった店だ。エスニック調の店内にインドのポップミュージックが流れている。

そこにバーテンダーがやってくる。

「いらっしゃいませ」

その顔を見て、悲鳴を上げそうになった。喋っていたのは、人間ではなく、人間によく似た人形だったのだ。

すると、その隣に男性が現れる。こちらは本物の人間のようだ。

「驚かせてすみません。当店へようこそ。こいつは昔ながらの自動人形という奴なんです。話す、カクテルをシェイクする、グラスに注ぐ。この三パターンの動きしかできませんが、なぜかお客様には僕がカクテルを作るよりうまいと喜ばれますよ。皮肉にも、一人でやっていた時の数倍儲かっていますす」

店主はご機嫌で言うと、奥へ引き上げていく。自動人形は口の端を上げて笑ったように見える表情を作り出し「少々お待ちください」と言うと、リキュールとシロップを入れてシェイクし始める。ぜんまいでもこの程度の動きは可能なのだろうが、それでも生きているかのような動きは見ていて飽きない。

出されたカクテルをひと口飲む。「美味しい……」

「ふふ。君も自動人形の魔術にかかったかな」

黒猫は一度言葉を切り、再び語り始める。

「完全性さ。知らぬ間に、人は自動人形に完全性を求めてしまう。自動人形への期待は機械への期待と言い換えてもいいし、そのままアルゴリズムへの期待と言ってもいい。人間がアルゴリズムを好むのは、基本原理が永遠回帰にあるからじゃないかな」

「永遠回帰？」

「人間は永遠ではないから、そこに憧れを抱く。逆にアルゴリズムだけで構成されたAIの音楽が人間の音楽に勝てないのも、同じ問題だろう。芸術は『メルツェルの将棋差し』──完全性と不完全性の混合体なんだ」

「さっきの生と死の問題に関わる話ね」

「そう。生と死の問題──我々の有限性の問題だ。さっきの話に戻ろうか。まず弓月氏のそれ以前の言動を注視してみよう。僕が気に留めたのは、白鳥教授の言葉に弓月氏が過敏反応し、『子どもなどクソ喰らえ』と言ったこと」

──私は独身仲間で古い付き合いだ。ピアノの前では鬼のように指導熱心な男だが、いったんピアノを離れれば子ども好きで……。

──子どもなどクソ喰らえだよ。吐き気がする。

「白鳥教授が嘘を言っているわけでないと仮定した場合、白鳥教授は指導熱心な彼がピアノから離れたときに子ども好きだと感じられるような場面に居合わせたことになる。それはどこだろう？」

……「んん、弓月氏は独身で子どもはいないし、白鳥教授も彼とは独身仲間だと言っていたし……わからない」

「ではべつの方面から考えてみよう。今度は、荒畑教授の研究室から」

「彼女の研究室が関係するの？」

「ああ。君、何か変わったところに気づかなかった？」

「えーと、写真立てが伏せてあった……それと、装飾類が一切ない簡素な空間なのに、デスクに緑のリボンのステッカーが貼られていたわ」

「そうだったね。それから？」

「ううむ……ケータイ電話？」

「そう。昨今はいろんな人がいるから断定はできないが〈少年ケント〉のストラップは、どう見ても男の子が好きなキャラクターだよね。あと、僕がいちばん引っかかったのは、ステッカーなんだ」

「ステッカーがどうかしたの？」

「緑のリボンのステッカーは、臓器提供をした家族に贈呈されるものだ」

「え……！」

　思いがけない言葉に、虚を衝かれた。臓器提供？　つまり荒畑教授が――。

「写真立てがあらかじめ伏せられていたのも、たまたま倒れたのではなく、君が研究室に来るから伏せておいたと考えたほうがいい」

「そこには亡くなった息子さんの姿が？」

「恐らくね。でもそれだけなら、伏せるまではしないはずだ」

黒猫はにやりと笑う。自動人形が黒猫の前にカクテルを置いた。

「つまりね、彼女が本当に見られたくなかったのは、子どもじゃない。子どもの父親なのさ」

そこまで言われ、文脈からそれが誰なのかがわかった。

「内縁の関係だったのだろう。弓月氏は結婚というシステムを嫌っていたからね。彼は息子の指導に熱心だったが、息子が病気になり、最終的に助からないとわかって息子のドナー登録を行なうことになると、現実から目を背けた。荒畑教授のもとを離れ、かつてのように奔放な生活を始めたのも、現実を直視できなかったからだ。だからこそ、子ども好きだということを強く否定したんだ。ところが、ここに否応なしにその現実を突きつけるものがあった。〈ジェニー〉の〈五人の息子たち〉だ。彼らの作り上げた楽曲は、《枯葉》の旋律をアレンジしたものだったね？」

「ええ。でもそれが何か……」

「《枯葉》はジャズの習いたての時期によく課題曲に選ばれる楽曲だ。特に、曲の途中で効果的に使われていた拙い弾き方の部分、あれは子どもの弾き方を思わせる。恐らく、《枯葉》は彼が息子のレッスンに使用していた曲だったのだろう。荒畑教授は〈五人の息子たち〉のパターンの一つに息子の演奏を組み込んだんだ。まさに『メルツェルの将棋差し』。機械のなかに、人間がいたんだ」

「だから、涙を？」

「弓月氏はずっと息子の死を心に封印して、多忙な日々に現《うつつ》を抜かしていたのさ。それが、あの曲によって現実に引き戻された。ＡＩの曲はまだまだ人の心を魅了するレヴェルにはないのかも知れない。だが、あの曲は、少なくともある特定の一人にとっては、特別な曲だった。もちろん、荒畑教授にはそれがわかっていたはずだ。彼女が《枯葉》の曲を〈彼ら〉に与えたのだろうからね」

黒猫はそこで言葉を切ってグラスを口に運んだ。

「ばらつきがあってユニークな味わいだとは思うが、僕は人が作ってくれたほうが好きだな。まだまだ味が粗い」

その時、はたと気づいた。

「それじゃあ、荒畑教授が『息子の勝ちよ』と言ったのは――」

「もちろん、〈ジェニー〉の息子たちのことじゃない。自分の息子のことさ。レッスンのあいだは罵倒されることもあっただろう息子。彼女はＡＩを改良していくうちに、そこに息子の姿を重ねていたのかも知れない。いつかＡＩが弓月氏を超える。それは、自分の息子が為し得なかったこと。だが、《枯葉》のアレンジで弓月氏の閉ざされた心が決壊した。文字どおり、息子が勝ったのさ」

「彼女は、息子を忘れてしまった弓月氏に復讐をしたのね？」

「そうじゃない。復讐なんかじゃないよ。伴侶としての優しさだ」

「優しさ……」

「人間は死を受け止めることでしか、次へ進むことはできないんだ。だから、荒畑教授は弓月氏のために今日という日を用意した。そして、弓月氏は息子の死と向き合った。彼女は言ったろ？『これからよ』と」

すべてがつながった。最愛の息子の死の悲しみから目をそらして生きることを選んだ男と、死を見つめ続けて研究に没頭してきた女。

分かれていた二人の道が、今日、また一つになったのだ。

自分には見えていなかった。あの時、あの場所で行なわれていた、秘められた崇高な行為が。それこそが——二人の絆、なのか。

「さて、それじゃあ聞こうか。なぜ言わなかった？　君のお母さんが入院中だってこと」

「話そうとしたよ。でも——話しても何も変わらないでしょ？　黒猫がパリに行くことは決まってたし」

「君が大変な時期だとわかっていたら行かなかったよ」

「え……い、行ったほうがいいよ。恩師の葬儀じゃない……」

思わぬ言葉に、頰がかっと熱くなる。酔っているせいか。

「ラテスト教授なら、来るなって言うだろうね。すぐ近くにいる人間の支えになってやれって」

次の言葉を探していると、不意にケータイが鳴った。すぐに通話ボタンを押して電話に出る。

「もしもし？」

〈こちら××病院の医師の佐々木と申します。お母様の件で、先にご連絡差し上げようと思いまして〉

鼓動が早まる。神様。何かにすがるように心で唱えていた。

「検査結果が出たんですね？」

〈ええ。結果は良性でした。週明けには退院していただいて結構です。いや、本当によかったです〉

「ほ、本当ですか！　よかった……ありがとうございます！」

何度も繰り返し礼を言いながら、電話を切ると、疲労と安堵がどっと押し寄せてきた。

そして——涙が溢れ出した。

弓月氏とはべつの涙。でも、どちらも命につながった涙だ。

黒猫が、そっとこちらの頭を抱きかかえ、髪を撫でた。

「ひと安心だな。空港まで迎えにきたからいいことがあったね」

泣きながら、笑ってしまった。

「ほんとだね……」

ゆっくり黒猫の手が離れ、微かに預けていた身体を戻す。少し、照れ臭かった。でも、それは黒猫も同じかも知れない。だから、二人とも視線を合わさず、自動人形の動きを見守っているのだ。

やがて、黒猫が沈黙を破った。

「ところで、次に僕が何を飲みたいかわかる？」

ふふ。微笑むと、自動人形に向かって二人で声を揃えて言った。

「シードルを二つ」

「かしこまりました」わかっていないくせに、自動人形は答える。横から店主がやってきて、シードルのボトルを持たせた。

自動人形は、器用にもそれをグラスに均等に注ぎ入れてくれる。

ひと口飲む。しゅわっと口で弾けるその感触は、自分たちだけに秘められた見えない絆の音楽だった。

〈五人の息子たち〉の中に紛れた、もう一人の息子。完全性と不完全性のキメラが奏でる拙い《枯葉》の旋律は、失われた幼い魂の輪郭をなぞった。荒畑教授と弓月氏は、今宵どんな思いでそれぞれの夜を過ごすのだろう？　そして彼らの明日は？　いつか二人がもう一度一緒に歩む日が来ればいい。その時には、今日の〈leaf〉は新たな福音へと響きを変えるかも知れない。

母の命は救われた。

けれど、もう知っている。

救われる命と失われる命に、本当は差などないこと。偶然がランダムに支配する世界で、我々は皆、いつ飲まれるとも知れぬ荒波に小舟を漕いでいる。

それは、三月にパリの爆発事故のニュースを聞いたときも思ったことだ。誰もが先の見えない道の途上にいる。

だからこそ、今、この瞬間を慈しむのだ。

つかの間の触れ合いが速めた鼓動は、まだもとに戻らない。刹那のぬくもりも。それでいい。ずっと同じ鼓動でなくてもいいのだ。たとえ、その結果何かが損なわれることになるとしても、恐れることはない。そうだよね、黒猫。

目を閉じると、鼓膜の中に満ちてきた。

涙のアルゴリズムが。

エピローグ

音楽が鳴りやむまで――。

デジタル音楽プレイヤーが一曲終える間に、頭は何度も同じところを駆け巡った。

空から降り続ける雪は、まだ粉雪とも言えぬほど弱いが、今夜のうちにはもっと強く降り、明日の朝には大地を白く染め上げることだろう。

回帰、また回帰。

けれど、一度として同じ一周はなく、すべてがべつの角度から物事を教え続けてくれた。

なかでも興味深かったのは、冷花から話を聞いたことだった。

――あの子、昔っから好きな子にお土産買ってあるのに、結局ほかの子には渡しても、肝心なその子にだけ渡さなかったりするのよ。気持ちを大切に持ち過ぎちゃうの。

何を隠そう、今日ここS公園にいるのは、「パリのお土産を渡しそびれていた」と黒猫が連絡してきたからなのだ。

やっぱり、気持ちを大切に持ち過ぎたから？　そんなことを考えて、これも意識のしすぎだろうか、と自戒する。

かじかんだ手を、吐く息で温める。黒猫はまだだろうか。

この公園に足を踏み入れること自体、久しぶりだった。ベンチが少し古びてきたかも知れない。何度も二人で腰かけたベンチを、そっと撫でた。

ようやくここで、二人で会えるのだ。それも聖夜に。

三年前のクリスマス・イヴ、この公園を出るときに、万華鏡のことに気づいた。

――僕の好きな眺めがここにある。

あの時のことを思い出すと、笑みが洩れる。

それにしても――どうして今さらお土産を？

もう帰国から九ヵ月も経つのに。

「お待たせ」

背後から声がした。

「遅い。ゆるさん」

「……誰の真似？」

黒猫はベンチの左側に回り込んで腰を下ろした。今夜のS公園は三年前の聖夜のように静かだ。あたりは静まりかえり、池にはうっすらと氷が張り、蛙も亀も、その下でじっと遠い春を待っているのだ。

ミナモの一件で戸影と三人で飲み、この公園の近くで飲み直した後――黒猫は境界を飛び越えた。あと、先月の船の上でも。

けれど、翌朝になると、黒猫の姿は消えていた。

帰国後、顔を合わせても言葉の出てこないことが多かったのは、二人の関係がこれまでとは何もかも変わってしまったからだった。

時に夜の魔法を借りて、線を飛び越えることはできても、それを言葉で確かめ合うことができなかった。

「それで、お土産って何？　もう九カ月も経ってますけど」

「まあ、すぐには渡せないお土産もあるんだよ」

「何よそれ」

すると、黒猫は「はい」と言って何かを掌に載せた。

「え？……」

「エッフェル塔のキーホルダー」

小さなエッフェル塔が、掌でエメラルド色に輝いていた。

「ただのキーホルダーじゃないよ。塔のてっぺんについてるレンズを覗いてごらん」

言われたとおりに覗いてみると、そこには今しがた見ていた風景が縮小されて無数に広がっている。

「これ――テレイドスコープ？」

「そう」

自分の見ている風景をレンズを通して万華鏡のパターンに映し出す玩具。かつて、この公園で黒猫に見せられた記憶が、昨日のことのようによみがえる。

「鍵貸してごらん」

黒猫の言葉にしたがって、ポーチから金色の鍵を取り出す。黒猫はそれを器用にキーホルダーに通す。

「大事にしてくれよ」

「うん……」

些細なお土産。こんな小さなお土産を、黒猫は今まで渡しきれなかったのだ。でも、その理由がわかるから、涙が溢れてきた。それは止めようと思えば思うほどにいつまでも溢れてくるのだった。

黒猫はまっすぐに夜の月を見上げた。

「この月の下で、いまこの瞬間しかない時間を過ごしている人が、それこそ星の数ほどいる。失われた想いに耳を澄ませる人も、間もなく消える絆に想いを馳せる人も、始まったばかりの恋に浮かれる人もいるだろうね」

「うん……そうだね」

「でも、みんなが明日に進めるかどうかなんて、誰にもわからない。迷いなく動いているようでも、すべて試論に過ぎない」

黒猫は、誰に言うともなくそう言った。その言葉は、三月にパリで起こった事故のニュースを聞いたときの気持ちを代弁してくれているようでもあった。あの時は、黒猫がもうこの世から消えてしまうような気がして心細くなった。と同時に、かけがえのないものが何なのか、はっきりと見えた気がした。

そして、母が倒れた時は、黒猫にそばにいてほしいと強く願った。

生きることは、すべて試論。今という時間に何をするのか。それはささやかな試みでしかないのだから。

「そうね。ホント。私たちが生きているのなんてただの運だものね」

それから、黒猫の顔を見て、呟いた。

「改めまして、お帰りなさい。やっと着いたね、この公園に」

「ああ……帰ろうか」

頷くと、立ち上がって二人で歩き始めた。

掌のエッフェル塔には、金色の鍵がぶら下がっている。自分の家の鍵ではない。戸影をタクシーに乗せた後、落とした鍵。あの時、黒猫は自分が落とした鍵をこちらにそっと握らせた。

——鍵を落としたら大変だ。

言いながら、黒猫がこちらに灼《や》けつくような視線を向けたから、思わず受け取ってしまった。

——そうね、帰れなくなっちゃう。

自然と口をついて出た言葉が、その夜を決定づけてしまったのだろう。後で思い返しても、何か目に見えぬ魔法がかかっていたとしか思えなかった。

自分がずっと持っていていいものか悩んだが、結局鍵を返しそびれたまま、今日に至っていた。昼間に返すのは恥ずかしく、なんとなくそれきりになっていたのだ。

けれど——今日黒猫はその鍵に、キーホルダーを付けた。

「前から思ってたけどさ、黒猫って、部屋の片づけ下手だよね。もう少し本を整理しないと」

「……あれは有機的な配列なんだよ」

「昔はその説明で納得したけど、考えが変わりました。整理します」

「え……まあいいや。好きにしろよ」

黒猫はそう言って先へ行ってしまう。

その背中を追いかける。

あの日と同じ。回帰、また回帰。

でも、掌には黒猫の部屋の鍵がある。二度と同じ今なんか来ないのだ。

ただの繰り返しに見えたとしても、それはそう見えるだけ。今と似たような日々がこれから続くとしても、それらは全部違う日なのだ。そのことを忘れまい。

忘れずに、百夜でも千夜でも進んでいくのだ。

黒猫とともに、初めて会った瞬間へと、何度でも何度でも回帰して、甘酸っぱいため息を洩らそう。

そして、その先にまた二人がいることを、そっと願おう。

やがて黒猫はこちらを振り返った。長い時を越え、ずっとどちらもが口にできなかった言葉を放つために。

fin

甘い二人をめぐる断篇集

Illustration
—
丹地陽子

必ず本篇読了後のデザートとしてお召し上がりください。

ゆっくり読む

娘が本のページをめくる。その規則的なぱらりという音を聞きながら仕事をするのが、最近の夜の日課になりつつあった。娘は今年で十歳。昔は無口でじっと考え込んでいることの多い子どもだったけれど、最近では少しずつ親子間の会話も増えてきた。

女手ひとつで娘を育てるうえで、できるだけ自然体で接しつつ、辛抱強く話し相手になろうと決めていた。親として言わねばならないことは日々あるけれど、しつけようと躍起になることはない。育つ部分は、いずれ放っておいても育ってゆくのだ。

しかし、最近になり少し問題を感じてもいた。

小さい頃からテレビをあまり見せなかったせいか、気がつけば本ばかり読んでいる子になってしまった。こうして今、自分が研究に勤しんでいる間も彼女はせっせと本を読んでいる。自分も研究者である以上、それは血として争えないところかと思い、内心ではそんな傾向を喜んでもいた。だから、何を読んでいるのかまではあまりとやかく言わずにおいた。血なまぐさいミステリを読んでいても、ホラー風味のものでも、まあこの年頃の子はそういうのが好きだろう、と。

しかし、小学校四年になるのに、勉強の時間より読書の時間が圧倒的に長いのはいかがなものか。もしかしたら、この子にとって読書は本当にただの娯楽に過ぎないのでは、という気がした。それが悪いわけではないけれど、自分の知る読書の在り方とは少し違っていた。

母親としては、多角的に、子どもの知性について考えなければならない。たとえば、テレビをあまり見せないのは、情報が流れていってしまうからだ。もちろん、録画して静止させることもできるけれど、いくら選んでいても視覚から情報を摂取する癖がつくと、見たものが現実だという圧倒的認識に支配されていくのが人間だ。いったん視覚的現実を認めてしまえば、そこから無思考が生まれる。もちろん、すべてが悪いわけではない。大人になってから、自分で選んで見る場合ならば、思考する「目」がすでに養われているから幼児期とは異なるかも知れない。

では読書はどうだろう？　娘の読書の仕方を見ていると、一定の速度でページをめくっていることに気づく。この方法で一文一文の重みを堪能できているのだろうか？　文章の快不快には敏感になるだろうし、そういう意味では上手い文と下手な文を見分けることは直観的にできるようになるかもしれない。けれど、文章というのは上手下手だけでは語れないところがある。なぜこうも読みにくいのか、ということを考えるのもまた読書だ。そのような読書は、一行進んでは三行戻るような遅々としたものになるのが必然なのではないか。少なくとも、研究者として生きてきた自分の読書はそういうものだった。

「明日の午後、図書館に行ってみよう。読んでほしいものがあるの」

「読んでほしいもの？　何、物語？」

珍しい。ふだん、話を聞いているのか聞いていないのか、「うん」とか「わかった」とか、ごく短い返事をゆっくりと返すことの多い娘が、即座に反応し、質問してくるなんて。

「行けばわかるわ。ただし——そのお話を読むには、今までとは少し違う読み方が必要よ」

「違う読み方？」

娘はきょとんとした顔になった。ますます父親に似てきた瞳が、もの問いたげにこちらを見ていた。にっこり笑みを返し、仕事に戻る。さて、どれを読ませよう？

翌日、二人で図書館へ向かった。

十月の空を見ていると、まだ恋に浮かれていられた学生時代のことをふと思い返した。ずいぶん遠くへきたものだ。いまだに自分はあの時の恋から逃れられずにいる。それはそれで、後悔はしていない。ほかにはない自分だけの恋愛だから。けれど、娘には同じ道を歩かせたくはなかった。

「あなた、クラスで好きな子とかいる？」

「んん……わかんない」

一瞬の間《ま》があった。そう言えば、このところどことなくぼんやりしている。先月、クラスメイトの柚木《ゆずき》君が引っ越したことと関わりがありそうだ。彼との間に淡いロマンスでもあったのだろうか？

この子も、小学生なのに立派に母親に隠し事をするようになったか。いやきっとこんなのはまだ序の口なのだろう。これからもっと親から離れていってしまうに違いない。そう考えると、少し寂しい気もした。

やがて、図書館に着いた。

三階の古典文学の書棚から一冊を取り出し、読書コーナーに座って待っている娘のところへ持っていった。

「今からあなたにこれを読んでもらうわ」

渡したのは、『更級《さらしな》日記』だった。作者は菅原孝標女《すがわらのたかすえのむすめ》。平凡な十代の娘が、五十を過ぎるまでしたためたもので、日記文学の代表的作品。物語の起伏はないけれど、穏やかな女の一生の中にある心の機微をじっくり味わうにはまたとない作品だ。それに、小学生はまだ古典文学の読み方を知らないから、ゆっくり読まざるを得ない。案の定、彼女はじっくり読み進め、わからない箇所があるたびにこちらに尋ねてきた。

図書館を選んだのは、古典の子ども用大活字版があるからだ。自宅にあるのは研究に使っているものばかりで、子供には難しすぎた。『更級日記』は中学生でも読める。もうこの子なら、と思った。

実際、最初のうち戸惑っていた彼女が、少しずつ日記に惹きつけられていくのがわかる。それも、一行一行を追いながら。いい傾向だ。しばらくは、こんな風に古文に慣れさせてみよう。そうすることでしか見えない読書があることを、いつか理解できるはず。

その時、娘の横を少年が通り過ぎようとした。少年は娘のほうをちらっと見やり、手元の本に目を留め、ひと言尋ねた。

「それ、面白い？」

娘は、集中していたところを邪魔されて一瞬ムッとした様子で顔を上げた。本を読んでいるときに話しかけると、親にもムッとした目を向ける子なのだ。冷や冷やして見守っていると、娘は少年と一度目を合わせたものの、慌てて目を逸らした。

「……おもしろい……」

「ふうん。『とりかへばや』とか『伊勢物語』よりも？」

この少年は娘と同じ年頃に見えるが、すでに古典に着手しているようだった。娘はそれらの作品にはまだ触れていないから何を問われているのかわからず怪訝《けげん》な顔をしている。

すると、少年は驚いた様子で重ねて尋ねた。

「君、まさか初めて読む古典が『更級日記』なの？」

娘はコクンと頷いた。

少年はこちらの存在にようやく気づき、合点がいったようだった。

「おかあさんにそっくりだね」

娘は曖昧な笑みを浮かべる。

それから少年はこちらに話しかけた。

「やがて娘さんは、この著者みたいに『源氏物語』を読みたがるかもしれませんよ？」

菅原孝標女は、はやく『源氏物語』を読みたい、と京に着くやいなやそれを求めている。実際、この日記を読むことで、紫式部に興味をもつ可能性も否定はできまい。恐らく少年は、『源氏物語』という、宮中の奔放な恋愛模様を描いた作品を、自分の娘に読ませて大丈夫なのかと老婆心で尋ねているのだろう。

「構わないわ。知的探求心は誰にも止められないもの」

その回答に、少年は満足したように大きく頷いた。

「あなたがいるなら大丈夫なのかな」

少年は微笑むと、もう一度だけ娘の顔をちらっと見やり、娘がちょうど顔を上げたタイミングで「またね」と言った。

「僕には退屈な本だったけど、退屈なだけの本なんてあるわけない。きっと僕が読み方を間違えたんだと思うよ。だから、読み終わったら感想教えて」

少年は言い終えると、笑みを残して去って行った。

その後ろ姿を目で追う娘の頬が、微かに上気していた。


図書館からの帰り道、娘は無言だったが、足どりの軽快さから機嫌のいいことがわかった。夕日のせいで、まだほんのり赤かった頬は桜桃色に染め上げられていた。やがて、娘がおもむろに言った。

「物語って、ゆっくり読むと違った風景が見えてくるね。ぜんぜん知らなかった」

「そうよ。たった数文字のなかに、果てしない奥行きがあったりもする、それが物語というものなのよ」

うん、と娘は頷いた。けれど、すでにべつのことを考えているようだった。

「明日は一人で行ってみよっかな、図書館……」

きっと、さっきの少年にまた会えることを、心のどこかで期待しているのに違いない。

自分もそんな時期があったから、よくわかる。

いいんじゃない、と答えた。

内心で微笑みながら。

この子もまた、こうやって少しずつ恋をしていくのだろう。いつか自分のように、そのプロセスで涙を流す日もくるかも知れない。でも、いいではないか。涙を拭ってやればいいだけのこと。

恋をしなさい。素敵な人に出会いなさい。

となりを歩く娘の、まだ小さな歩幅に合わせて歩く。

ゆっくり、ゆっくり歩く。

この速度でしか見えない景色がある。それは、書物に向き合うときの姿勢と、通じているかも知れない。

頭の片隅で晩ご飯のメニューを考える。

ゆっくり、ゆっくり。

そう念じて歩き続けながら。

眺めについて

眺めについて考えていた。

エキゾチックな眺めについて。まだ生まれたばかりで見るものすべてが初めてだった頃には、者と物の区別すらつかずに、いっしょくたにすべてが己を刺激するものとして存在していた。風に揺れるカーテンを生きているように感じたり、いつも寝ている隣家の柴犬を玩具と思っていたり。

芸術家が写真や絵画として掘り起こした風景から、逆説的にかつてのエキゾチカを取り戻すことは、誰にでもできるだろう。だが、それはもはや裸形の眺めとは言えない。現代人は、いかにも現代的な転倒したイデオロギーというフィルターを通さなければ、何も見ることなどできないのだろうか？　そうとは限らないだろう。

ときにはフィルターの存在自体を忘れてしまう瞬間があるはずだ。それこそ、積み上げた人間としての経験を無にさせるようなもの――ア・プリオリな神秘との出会いが。

そんなことをぼんやりと考えていたからだろうか、いつもならば素通りするような小さな雑貨屋に気まぐれで入ってしまった。待ち合わせの時間まではまだ少しある。昼下がりの光以外、照明らしきものもない仄暗い店の、もっとも光の届きにくい辺りにその小さな万華鏡は置かれていた。埃臭いカウンターの奥から、ココナツミルク入りのカレーの匂いが漂ってくる。自宅と店が繋がっているようだ。

万華鏡を手に取った。覗き込むと、パターンが複雑なのに、レンズが極めてクリアで、はっきりと風景が目に飛び込んでくる。その光景を見ていると、生まれたての頃にどんなふうに世界を眺めていたのかがほんの少し見えてくる気がする。

見るべき世界を見て、満ち足りて骨となる。一生に潜むそんな静謐な興奮が、景色のなかに凝縮して感じられれば、万華鏡として成功していると言える。いま手に取ったそれは、紛れもない成功作品だった。

店の奥から店主が現れて話しかけてきた。

「テレイドスコープといいます。ふつうの万華鏡とはちょっと違うんですよ」

「ええ。万華鏡の誕生から、五十年ほど遅れてようやく発明されたものでしたね、たしか」

その言葉に店主は気をよくして顔をほころばせた。

「万華鏡がお好きなんですね？」

た。

「いえ、とくには」

正直にそう答えたら、店主を戸惑わせてしまったようだ。補足の説明を加えることにした。

「万華鏡全般が好きなわけではありません。優れたものは遍《あまね》く好ましいです。万華鏡に限らず、工芸品全般に言えることですが」

不用意な発言で周囲の困惑を招くのはいつものことだ。気にせずにテレイドスコープを一つ購入することにした。店主が手際よく包装する。古紙を用いた、味わいのある包装紙だった。

またカレーの匂いが鼻をつく。さっきよりも強いようだ。

「料理がお上手なんですね。しかし、少し火力が強いようです。カレーは弱火でじっくり煮込むのがいちばん」

「……ありがとうございます、忘れてました！」

店主は支払いを受け取るのも忘れて奥へと走って戻っていった。ちょうど鍋がごとごとと音を立て始めたところだった。

カウンターにきっちり定価分の金を並べて置くと、テレイドスコープをポケットにしまい、外に出た。

これから、扇宏一という建築美学の教授の講演会に出席するために、校門前で学部時代の同期と待ち合わせる手筈になっていた。

彼女が〈付き人〉になって、一ヵ月が経とうとしている。唐草教授が何を思って彼女を自分の付き人にしたのかはわからない。が、彼女とは学部時代からの付き合いだから、よく状況も飲み込めぬまま大学教授の任に就くことになった身にはありがたい話には違いなかった。

校門前へ向かうと、すでに彼女の姿があった。いつも通り、飾り気のないスタイル。

だが、彼女は気づいているのだろうか？　その仕草の一つ一つが神秘を纏《まと》っていることを。西洋や東洋の既存の神話の文脈から完全に独立した、人間の、人間存在による純粋な神秘だ。

半面、これは矛盾するようだが、彼女はきわめて平凡な女だ。取り立てて風変わりな思考の持ち主ではない。面白いことを言うのでも、艶っぽい気のきいたセリフが言えるわけでもない。ただ、精緻なまでの凡庸さを手に入れているがゆえに、凡庸ではないのだ。

ときにペルシャ猫がゆったりとした動作で優美を示すように、彼女は睫毛の動き一つで有限を無限に変えることができる。

出会ったときからそのことには気づいていた。そして、今でも戸惑っている。いささか肌理《きり》の細かな平凡であるがゆえの非凡という彼女特有のテクスチャーは、自らのいかなる欲求とも結びつくことのないものだからだ。

「遅いよ、もう。早く行こう」

　彼女は怒っているわけではない。ただちょっと拗《す》ねてみせているだけだろう。機嫌は一瞬で直る。感情の起伏はかなり奥底にしまいこまれる。人間の表層を覆っているはずの喜怒哀楽が、彼女のなかではきわめて優先順位が低いものであるように感じられる。まるで大樹を前にしているみたいだ。

「ちょっと寄り道をしたんだ」

「寄り道？」

「眺めを何倍も楽しむための、小道具さ」

「眺めを何倍も？　変な黒猫」

　彼女は笑う。ちょっと不機嫌そうな、しかしまんざらでもなさそうな、微妙な温度を保った笑い。

　彼女をテレイドスコープから覗いたら、どんなふうに見えるのだろう？　ポケットのなかに手を入れる。講演会が終わるのは、夜だろうか。月明かりの下では、彼女はどんな風に見えるのか。今夜の月はひときわ大きく、物質の内奥に秘められた輝きを解き放っていることだろう。

　彼女のとなりを歩く。すると、一人で眺めているときには気づかなかった日常の塵芥にまで目を向けようとしている自分に気づく。

まるで、右目と左目になったような感覚だ。

自分でも彼女でもなく、〈二人〉という新たな人格が生まれ、視座が生まれる。

「何を考えてるの？」

「いや、興味深い議題を一つ見つけてね」

実際、これは今から聴講する講演に匹敵するほどに面白い議題には違いなかった。

右目が一歩進む。

左目がそれに合わせる。

そうして新たな人格の一歩が生まれる。

弟の恋愛観

「こないだの広島旅行のお土産、なんでまだあるのよ」

冷花はクリスマスツリーの飾りつけをしながらそう言った。

弟は冷花の指示に従って雪にみたてた綿をのせる仕事をしている。一方の冷花はプレゼントのミニチュアやキャンディーのイミテーションなどを嬉々として飾りつけているところだった。

今年は受験で、クリスマスツリーの飾りつけの仕事はすべて弟に任せてしまいたかった。だが、去年までは手伝おうとする弟に「あんたはあっちに行ってなさい」的なことを言っていた人間が急にツリー飾り業を引退するのも妙だし、第一ちゃんと弟がツリーの飾りをできるのかどうか見届ける役目が長女にはある。

「あれ、どうせクラスメイトのトモちゃんの分でしょ？」

弟が密かに恋しているらしいガールフレンドの名を出した。まったく、好きな子にプレゼント一つ渡せないとは、何と不器用な。来年は中学生だというのに。

「べつに。タイミングがよくないから」

弟は平静を装ってそう答えた。

「いつならいいわけ？」

「いつ？　わからないよ。これ以上ないくらいのベスト」

「ない。そんなのない。自分が渡したときがベストだし、相手がくれたときがベスト。それがプレゼントよ」

「……おまえと僕は違うんだよ、たぶん」

それから弟は綿をのせる手を止め、遠い目になる。

「そもそも恋って何なんだろ？」

「小学生らしからぬ哲学的問いかけね」

「どこでみんなは恋とそれ以外を見極めてるのかな。たとえば――」

弟は出窓に飾られた花に手を伸ばした。

「この花はきれいだよね。そして、触れてみたいと考える。触れる。その花びらのしっとりとした手触りがもっとこの花を特別なものだと感じさせる。これって、恋？」

「……それは花の観賞」

「観賞は黙って見ることで、触るのはべつだよね」

「じゃ、観察」

「ふうん。でも観察って欲求とは無縁のものだろ？　いま僕はこの花を触りたいと思った。これ、欲求だよね。でも観察には欲求はいらない。となると、観察は僕の心の状態を説明はしていない」

「いわゆる、花に心を奪われるってやつでしょ？」

「うん。だから、それ、恋だよね？」

「……ああ、そうか……そうなるのか……そうなるの？　そうなの？　うううううううむ」

「だからさ、きれいだなとか思ってそれを希求したら恋なわけでしょ？　そうなると、万物に恋する可能性はあるよね」

「希求とか万物とか言わないでよ、小学生のくせに」

弟の語彙力を責めるが、構わずに彼は続けた。

「僕が花に触れたのは僕がその花を好きだからだよね。それが恋なら、恋はそこらじゅうに落ちてる」

「でも、モノに対するそれは愛着って便利な言葉があるわけよ」

「愛着ね……恋と愛着の違いは？」

冷花は、完全に自分で自分の首を絞めてしまったなと思った。それまで考えたことがなかった問題に、口が重たくなる。やがて、冷花は絞り出すような声で答えた。

「これは……うむ……あくまで、私の定義よ。すべてが輝いてみえたら……そう……それが恋ね」

「すべてが輝く――」

「世界が捨てたもんじゃないって感じられたり、自分の身の回りの大して面白くもないようなことのすべてが楽しく感じられたり、自分をもっと変えてみようって思えたり。そういうすべてに関わるような現象が恋なんじゃないかな」

「と、二年前、どこかの街で恋をしてしまった姉は言った」

「まとめるな」

たしかに、淳と出会ったとき、そんなふうに世界が変化するのを感じたものだ。そして、それから世界は変わった。いや、それまでは世界などなかったのではないか、という気がしたのだ。

「でもさ、僕はべつに世界を捨てたものだとも思ってないし、常にいろんなものを――たとえそれがつまらなそうに見えても――面白い部分を探しているし、僕自身も日々変わっていこうって思ってる。つまり、おまえが今言ったような〈恋をすると生じる現象〉のすべてを僕はふつうに体験してるんだよね。これってヘンなのかな？」

「うん。あんたはすっごくヘンよ。この際言っておくけど」

「そうかぁ……。まあ、そんなわけで僕には欲求と恋愛の区別があんまりつかないんだ」

「それ、一歩間違えると危険だよ」

「そうだね。そうかも知れない。だから僕はこれを恋とは――いや、一般的には恋なんだろうけど――呼ぶことに躊躇《ためら》いがあるんだ。誰かにプレゼントをあげたいと思うのは、その人とつながりたいという欲求だよね。それを恋と呼んでしまっていいのかな、とか。それよりも、欲求が生じない状態のほうが奇跡なんじゃないかと思うんだよね」

「欲求が生じない？　それって興味ないってことじゃん？」

「そうじゃなくて。あらゆる内側から生じる欲求すべてを否定したいくらいに、その人とただ向き合ったり、となりに並んでいることに充足を覚えているような状態。何も話さなくてもいい感じ」

「それ、空気じゃん」

「うん。すごくいい空気だよね。そういうものに出会ったとき、僕はそれを恋とは呼べない気がするんだ」

「じゃあ、トモちゃんへの想いはやっぱり恋でいいんじゃない？」

面倒臭いにもほどがある。てっぺんの星をつけてから再度尋ねた。

「それで？　結局どうしてお土産を渡さないわけ？」

長い言い訳を聞かされたが、肝心の部分は何もわからないままなことに気づき、話をふりだしに戻した。

「僕はいつもその子を求めながら、心のどこかでその子が絶対の解ではないと思ってるんじゃないかと思う」

「正解じゃないんだ……」

「恋愛って意味では正解だろうけど。そうじゃないというかね……」

「うん、弟よ。君が厄介な奴だってことはよぉくわかった」

すると、弟は突然興奮したように大きな声で言った。

「あ！　わかった！　さっき言った〈空気〉って、もしかして〈運命〉っていうんじゃないかな。この人と一生一緒に歩いて行くんじゃないか、みたいな予感」

「運命かぁ。ちなみに、過去にそう感じる人に出会ったことは？」

弟は一瞬だけ何か思い当たったような顔になったが、すぐにまたはかなげな雰囲気になって首を横に振った。

「じゃあ〈運命の人〉が現れたのに見分けられなかったらどうする？」

「いや――きっとわかる」

なぜか弟は自信たっぷりに言い放った。

「……何でもいいけど、さっさとお土産渡しちゃいなさいよ、シャイボーイ。せっかく買ったのにもったいないでしょうが」

弟はむすっと口を尖らせた。

「だからシャイとかそういうことじゃないってのに」

「ほら、電気消すよ」

そう言って電気を消し、イルミネーションの電源を入れた。この瞬間、見慣れた自宅用の電飾なのに、毎年同じように興奮してしまう。もうすぐクリスマス。淳はどこの街で聖夜を過ごすのだろう？　そんなことを思いつつ、隣をみた。弟もまた、目を輝かせていた。

その光のなかに、まるで自分の運命を探しているみたいだった。

冷花はその頭を乱暴に撫でまわしながら思った。

いつか運命の人に会えるといいね。

紙音

目覚めたとき、時間は明け方の四時だった。

彼女はまだ傍らで起きており、本を読んでいるところだった。

「寝ないのか？」

「うん……うまく眠れなくて」

自分のベッドではないからだろう。いつの間にか自分だけが眠ってしまったようだ。

彼女の傍らで眠るとき、まるで浜辺に横たわり、波に誘われて海に還るのを待っているような感覚にとらわれた。

紙をめくる音。彼女はゆっくり本のページをめくる。こちらが速すぎるのだろうが、彼女はだいぶゆっくり本を読むタイプだ。悪いことではない。そういう読み方でこそ、見つけられる観点がある。

「何を読んでる？」

「『源氏物語』。むかし、途中まで読みかけたんだけど、若紫のところで一度読むのやめたの」

「どうして？」

「何となく。もっとちがうときに読みたいなって思って」

それ以上は何も尋ねなかった。脳裏に浮かんでいたのは、一人の少女だった。十代の頃、図書館で遭遇した母娘。娘は『更級日記』を読んでいて、こちらはそのなかに『源氏物語』が登場することを一応母親に老婆心ながら伝えたのだった。

あの少女は元気だろうか？　翌日も図書館に行きたかったのに、冷花の秘辻町《ひつじちょう》への冒険に付き合うことになって行けなかった。

一瞬だけれど、図書館であの母娘に会ったとき、心が落ち着くのを感じた。それは、どことなく今となりにいる彼女に感じている感情と似ている。ゆっくり本をめくる音が、自分にないものだから落ち着くのかも知れない。

ラテスト教授は逝ってしまった。自分には、果てしない思考の旅が残されている。けれど、静寂のなかで彼女の立てる紙の音に耳を澄ますとき、ラテスト教授から受け取ったものとはまた別種の遥かな地平が広がっているのに気づく。そのどちらにも、真実が詰まっている。

目を閉じる。ぱらり。そうして、めくられる書物の音を聴くとき、自分もまた書物になっているのかも知れない。たぶんそのとおりなのだ。我々は一冊の書物である。

ならば、ひとまずのピリオドとして、彼女に語りかけよう。
もう一度、大切な言葉を伝えるために。

恋愛小説としての〈黒猫〉シリーズ

書評家
大矢博子

エピローグとボーナストラックに仕掛けられた爆弾の直撃を受けて呆然としているあなた。その気持ちはわかる。よーくわかる。とりあえず該当箇所に戻って読み直し、書かれていないことを想像して物語を補完しよう。でもって、ちょっと落ち着こう。甘いものでも食べて。

さて。

爆弾の話は後述するとして、まずは概略から入る。

ミステリをミステリたらしめているものは、〈謎が解かれる〉という構造だ。

その構造を物語へと進化させるため、作家はさまざまな要素を加えていく。たとえば社会問題を扱って問題提起を行ったり、登場人物に特異な造形や関係性を設定して〈キャラ読み〉の楽しさを与えたり、特定ジャンルの職業や学問を取り入れて情報小説の側面を出したり。反対に、それら他の要素をすべて謎解きの仕掛けとして使ったり。

では、この〈黒猫〉シリーズはどのような要素を備えているか。

最も目立つのは、エドガー・アラン・ポオの作品を解体し、提示される謎に合わせて再構築するという構成をとっていること。謎解きのアプローチに美学というフィルタを通したこと。この二点だろう。これらについては文庫既刊の巻末解説で素晴らしい論考がなされているので繰り返さないが、謎解きのサプライズより、思考の過程や探求の手順そのものを読みどころにしたタイプの話と言える。ポオ作品の再構築はミステリ好きのマニア心をくすぐり、あらゆる芸術を網羅する美学視点の論説が謎解きへと収斂《しゅうれん》する様は読者の知的好奇心を刺激した。第一回アガサ・クリスティー賞を受賞したデビュー作『黒猫の遊歩あるいは美学講義』を読んだとき、ご多聞に漏れず私はこの二点に魅了されたものだ。なんだこれ、めちゃくちゃ面白いじゃないか！

だがその時、私はひとつ大きな要素を見落としていた。

上記二点にすっかり魅入られた私は、語り手である〈付き人〉と探偵役の〈黒猫〉の間にほのめかされるロマンスの萌芽について、ともすれば衒学的《げんがくてき》になりすぎるこの物語をちょっとばかり緩めるための甘味だな、と思ったのである。つまりは読者サービスだと。ほうほう、この作者、こういった読者サービスにもなかなか長《た》けているではないか、と。

長けているどころではなかった。ちょっとした甘味なんてもんじゃなかった。サービスだなんてとんでもない勘違いだった。

話の展開を割ることになるので具体的には書けないが、このシリーズ作品は長篇短篇すべての事件が恋愛に起因しているのだ。静かな愛もあれば、激しい恋情もある。失われた恋への追慕があり、歪んだ執着がある。〈黒猫〉と〈付き人〉はさまざまなロマンスの形を正面から見つめることになる。それがふたりのロマンスへとフィードバックされ、物語が進む。読者サービスどころか、ロマンスこそが中核なのだ。

構造はミステリだ。モチーフはポオだ。アプローチは美学だ。

だがシリーズを通して連綿と描かれてきたのは、恋愛小説なのである。


ひとつずつ見ていこう。

美学を専攻し、二十四歳という異例の若さで教授となった天才学者、通称〈黒猫〉と、彼の〈付き人〉を命じられた同い年の院生が読者の前に初めて登場したのは、第一作『黒猫の遊歩あるいは美学講義』。いわゆる日常の謎の連作短篇集だった。すでにこの段階で〈付き人〉は〈黒猫〉へ好意を持っており、おそらくは〈黒猫〉も、ということがほのめかされる。

第二作『黒猫の接吻あるいは最終講義』で描かれるのは、引き裂かれるふたりがテーマのバレエ「ジゼル」だ。その巻の最後で、〈黒猫〉は客員教授としてパリに旅立ち、〈付き人〉と離れてしまう。

第三作『黒猫の薔薇あるいは時間飛行』(私が恋愛小説として偏愛している作品だ)では、遠く離れたふたりがそれぞれ対峙した事件がシンクロする。その二つの事件がともに、離れた恋人同士にまつわるものというのがポイント。

ふたりの学生時代を描いた短篇集『黒猫の刹那あるいは卒論指導』を挟み、第五作『黒猫の約束あるいは遡行未来』でも、まだふたりはパリと日本に離れている。ここで描かれる事件は、愛しいあの人に会いたい、少しでもそばにいたいという思いに起因するものだった。

こうしてみると、扱われる事件がそのままふたりの関係を表していることがよくわかる。事件の分析はイコール自分自身の分析だ。その結果に共感したり反発したりすることで、ふたりの距離が変わる。実に練られた構成なのである。

読者にしてみれば、ふたりが相思相愛なのは明らかと思える場面も序盤から多々あったし、第二作のプレゼントや第五作のイタリアでの出来事など、決定打だと思うようなエピソードもあった。それなのに進展しない。彼らは、言葉にしない。伝えない。そこまで行って、なぜ止まる! ああもどかしい。ああじれったい。二十代半ばのイイ年の男女がくっつきそうでくっつかないという、それだけで五巻引っ張るか普通。後ろから背中蹴りたい。頭いい人の恋愛って、めんどくさっ！

——と思った読者は多かったろう。でもそれがいいのだ。ここにあるのは、近づいたの離れたのという恋愛模様ではなく、自分たちにとってちょうどいい距離と場所を探す思考実験だ。その距離と場所を確定させるためには必要な鍵があり、だがその鍵の正体と在《あ》り処《か》はわからない。ここまでの物語はそれを探す旅だった。自分が希求すべきは何かを懸命に思考することが彼らの恋愛だとするなら、彼らが自分を律することのできる理性と知性を持った大人として描かれたことに納得がいく。

第四作『刹那』の巻末インタビューで、著者が「黒猫は〈人間の可能性〉、付き人は〈人間の心〉のメタファーで、両者は互いに惹かれ合う意味で恋愛に似ている」と語っているのを読んで膝を打った。はじめは〈黒猫〉を仰ぎ見ていた〈付き人〉は次第に自らも研究者として〈黒猫〉と対等になるべく努力する。〈黒猫〉はそんな〈付き人〉を見守り、導きながら、自らの拠り所にする。〈心〉は〈可能性〉を追いかけ、〈可能性〉は〈心〉を支柱とするのだ。

ではその〈距離と場所を確定させるために必要な鍵〉とは何か。本書『黒猫の回帰あるいは千夜航路』で明らかになる。回帰とは、元と同じような状態に戻る、という意味だ。ここでいう〈元〉とは、第一作の『遊歩』である。

第一作への回帰は、まず構成に見てとれる。日本に帰ってきた〈黒猫〉が〈付き人〉とともに六つの事件にあたるという、『遊歩』と同じ様式の連作短篇集だ。

形だけではない。収録作がいずれも『遊歩』を想起させるものであることに気づかれたい。「空とぶ絨毯」は『遊歩』の「月まで」同様に、混沌としたものを読み解く物語。「独裁とイリュージョン」には「壁と模倣」のミナモが再登場する。ぜんぜん変わってないし、〈黒猫〉が彼女に伝える言葉も同じ。「戯曲のない夜の表現技法」は「水のレトリック」同様、ある人物だけが知らなかったという設定。「笑いのセラピー」は「頭蓋骨の中で」に登場した〈黒猫〉の姉、冷花が主人公だ。小学生の〈黒猫〉に会えるのも楽しい。「男と箱と最後の晩餐」は「秘すれば花」同様に見えない存在と先入観がキー。そして最終話「涙のアルゴリズム」は「月と王様」と同じく、音楽がモチーフだ。これもまた回帰である。

ただし同じ枠組みを用いながらも、いや、同じ枠組みだからこそ、『遊歩』とは大きな違いが目立つ。当時と本書での〈黒猫〉と〈付き人〉の距離だ。

『遊歩』では毎日のように〈黒猫〉の家で食事をとり、一緒に公園を歩いていたふたり。駆け引き混じりのじゃれあうような会話、思わずときめく一瞬の甘い展開。ところが本書では、そういうじゃれあいは見られない。一緒に過ごす時間もとれていないようだ。雰囲気も違う。「空とぶ絨毯」のパリの事故や「涙のアルゴリズム」での母の入院など、『遊歩』に見られた〈明日は今日の続き〉というような安定感・安心感がない。各篇で描かれる愛の形はどれも〈変わりゆくもの〉を感じさせる。

離れる辛さを知り、人の死に触れ、永遠などありえないことを実感したがゆえの変化だ。同じ場所で同じ枠組みの話に見える『回帰』と『遊歩』が決して同じにはなりえないように、変わらないものなどない、だからこそ一緒にいたい。これこそ、ふたりが見つけた〈鍵〉である。経験して初めて到達できる――〈黒猫〉ならア・ポステリオリと表現するだろうか――鍵だから、これだけの時間が必要だったと言っていい。

本書は謎が提示されそれを解くという点では、個々の巻はミステリである。だが、シリーズを通して読むとき、そこに浮かび上がるのは、さまざまな恋愛の形を目の当たりにして自らの気持ちを再確認した恋人たちの姿だ。

これが恋愛小説でなくて何だろう。

そうして、ふたりは帰ってきた。自分たちにとって大事な場所に。

それが説明されるのがエピローグだ。唖然とした。「ふぁっ!?」と変な声が出た。衝撃が去った後で慌ててページをめくった。ここか！

そして笑えてきた。こうなることはわかっていたはずなのに、気づかなかった。やられた。私は先ほど、「彼らは、言葉にしない。伝えない」と焦《じ》れったさを表現したが、彼らふたりの間だけの話ではなく、読者に向けても言葉にしなかったのだとようやく気づかされたのだ。本シリーズは恋愛小説だとさっき書いたばかりだが、〈読者を騙す〉のがミステリだとするなら、やはり本書は秀逸なミステリなのだよなあ。

とまれ、なんともふたりにふさわしい結末ではないか。しかもエピローグが、『遊歩』の冒頭に『回帰』するという洒落た仕掛けである。ほんとにもう！

これをもって〈黒猫〉シリーズは第一期完結となる。ふたりの関係に決着がついたところで一区切りというのが、本シリーズがそもそも二人の恋物語だった証左だ。また、森晶麿にとっても本書はデビュー作への回帰ということになる。つまり、ここから先は著者にとってもまた新たなスタートなのである。第二期のふたりがどういう形で読者の前に登場するのか、リスタートを切る森晶麿がどんなチャレンジを見せてくれるのか、今から楽しみでならない。

二〇一七年八月

主要参考文献

『ポオ小説全集1』エドガー・アラン・ポオ／阿部知二他訳／創元推理文庫
『ポオ小説全集4』エドガー・アラン・ポオ／丸谷才一他訳／創元推理文庫
『増補改訂　器としての身體　土方巽・暗黒舞踏技法へのアプローチ』三上賀代／春風社
『ペルシア絨毯図鑑』手織絨毯協会編／アートダイジェスト
『アラビアンナイト――文明のはざまに生まれた物語』西尾哲夫／岩波新書
『バートン版千夜一夜物語1〜11』大場正史訳／ちくま文庫
『幻想の彼方へ』澁澤龍彦／河出文庫
『芸術と幻影――絵画的表現の心理学的研究』E・H・ゴンブリッチ／瀬戸慶久訳／岩崎美術社
『ハンス・ベルメール写真集』アラン・サヤグ編／佐藤悦子訳／リブロポート
『吉田式　球体関節人形　制作技法書』吉田良／ホビージャパン
『ワーグナー　祝祭の魔術師』フィリップ・ゴドフロワ／三宅幸夫監修／創元社
『逆説・俳優について』ディドロ／小場瀬卓三訳／未来社

『俳優と劇場の倫理』スタニスラフスキイ／土方与志訳／未来社
『俳優の仕事について』デュラン／渡辺淳訳／未来社
『エレウテリア（自由）』サミュエル・ベケット／坂原眞里訳／白水社
『笑い』アンリ・ベルクソン／林達夫訳／岩波文庫
『ジャン・コクトー全集　第五巻』堀口大學、佐藤朔監修／曽根元吉編／東京創元社
『白いインディオの思い出　ヴィラ＝ロボスの生涯と作品』アンナ・ステラ・シック／鈴木裕子訳／トランスビュー
『美味礼讃』ブリア・サヴァラン／関根秀雄、戸部松実訳／岩波文庫
『特別料理』スタンリイ・エリン／田中融二訳／ハヤカワ・ミステリ文庫
『ジャズ　歴史と名盤』大和明／音楽之友社
『ＡＩの衝撃　人工知能は人類の敵か』小林雅一／講談社現代新書
『美学辞典』佐々木健一／東京大学出版会
『美学のキーワード』Ｗ・ヘンクマン、Ｋ・ロッター編／後藤狷士、武藤三千夫、利光功、神林恒道、太田喬夫、岩城見一監訳／勁草書房
『芸術学ハンドブック』神林恒道、潮江宏三、島本浣編／勁草書房